JN170566

あなたがこの辺りで迷わないように

あなたがこの辺りで迷わないように

パトリック・モディアノ
余田安広訳

水声社

フィクションの楽しみ

私には現実をありのままに描くことはできない。
できるのはその《影》を浮かび上がらせることだけだ。
――スタンダール

何てことはないよ、こんなものは。はじめは気にならないほどの、虫刺されのようなものだ。きみは、自分を安心させるために、このように低くつぶやくだろう。

ジャン・ダラガヌの住まいの、みずから《書斎》と呼んでいる部屋で電話が鳴ったのは午後四時ごろだった。彼は日差しを避けて奥のソファーでうとうとしていた。久しぶりに耳にする電話の音は、途切れることがなかった。なぜそれほどしつこく繰り返されるのだろう？　誰とも知れない相手は、受話器をもどし忘れたのかもしれない。彼はしぶしぶ起き上がり、窓の近くの受話器に向かった、そこは日差しがかなり強かった。

「ジャン・ダラガヌさんとお話ししたいのですが」

くぐもった、押し迫るような声。それが彼の受けた第一印象だった。

「ダラガヌさん？　聞えますか？」

ダラガヌは電話を切りたかった。しかし、そんなことをして何になろう？　呼び出し音は決して止むことなく繰り返されるだろう。電話の接続コードをすっぱりと外さないかぎり……

「私がダラガヌですが」

「あなたのアドレス帳のことで」

彼はそれを先月、コート・ダジュールに向かう列車のなかで紛失していた。そうだ、その列車内のこととしか考えられない。切符を検札員に見せるために上着から取り出したとき、アドレス帳は滑り落ちたのだろう。

「私が拾ったアドレス帳に、あなたのお名前がありました」

その灰色の表紙には次のような記入欄があった。《このアドレス帳を拾われた方は、以下にご連絡をおねがいします》。いつだったか、ダラガヌは深く考えずに、そこに自分の名前、住所、電話番号を書いておいたのだ。

「お宅にお届けします。ご都合のよい日時に」

そう、確かにくぐもった、押し迫るような声。それはダラガヌには、《ゆすり》の声のようにも思えた。

「どこか別の場所でお会いできれば、その方がいいのですが」

自分の不安感を押し隠すように彼は努めた。しかし、平静を装おうとした自分の声は、いきなり抑揚のないものになったような気がした。

「あなたのご都合のいい場所で、ムッシュー」

少し沈黙があった。

「それでもかまいませんが、私の住まいはお宅のすぐ近くです。伺って、直接お渡ししたいのですが」

もしかしたら、この男はこの建物の前で、出口を見張りながら電話しているのではないか、その場にとどまっているのではないか、とダラガヌは思った。できるだけ速やかに、厄介払いすべきであった。

「明日の午後、お会いしましょう」。結局、こう言った。

「いいですよ。それでは、私の職場のすぐ近くでどうでしょう。サン・ラザール駅の近くの」

そこで電話を切ろうかと思ったが、彼は落ち着きを保った。

「アルカード通りをご存知ですか?」と相手は訪ねた。「そこのカフェでお会いしましょう。アルカード通り四二番地の」

ダラガヌはその住所をメモした。そしてひと息ついて言った。

「分かりました、ムッシュー。アルカード通り四二番地で、明日の夕方五時に」

相手の答えを待たず、彼は電話を切った。その途端、このようにぞんざいに対応したことを悔やんだ。しかし、彼はそれをここ数日、パリを覆っていた暑さのせいにした。九月としては異例のこの暑さは、彼の孤独感を強めた。暑さのために、日没まで部屋にとどまらざるを得なかったのだ。しかもこの数カ月、電話が鳴ることはなかった。机の上の携帯電話については、最後に使ったのはいつだったろうと思った。彼はその使い方をよく知らなかったし、文字入力をよく間違えた。

もし見知らぬ人物が電話をしてこなければ、アドレス帳を無くしたことをいつまでも気にすることはなかっただろう。そこに記してあった人たちの名前を、彼は思い出そうとしていた。前の週に、アドレス帳を新しく作り直そうと思い、真新しい紙に人名リストを書き始めた。しかし、ほどなく彼はその紙を破り捨てた。生活をしていく上で欠かせない人物は思い当たらず、住所や電話番号を記録する必要のない名前ばかりだったのだ。彼らの住所や電話番号はそらんじていた。《職業上の》関係だけの、いわば実務的な連絡先は、そのアドレス帳には三十人分ほどもなかった。しかもそれらのなかには、抹消すべきものもいくつかあった。もう別の連絡先になっていたからである。アドレス帳を無くしてからの彼の気がかりの種はただひとつ、そこに自分の名前と住所を書き込んでいたことだった。もちろん、彼は今回の相手の申し出に応じないことも可能だった、この人物をアルカード通り四二番地で待たせたまま、会いに行かないこともありえた。しかし、それでは何かしこりが残ることになり、不安の影が消えることはないだろう。彼はひとりで過ごす午後の、たまたま何もすることのない時間に、しばしばうたた寝をして夢を見た。どこからか電話がかかり、彼に会いたいと甘い声で誘う夢であった。彼は以前に読んだ小説の題名、『出会いの時《ル・タン・デ・ランコントル》』を覚えていた。おそらく、その出会いの時は、彼にとってまだ終わっていなかったのだろう。しかし、先ほどの声には心穏やかではいられなかった。くぐもっているのと同時に、押し迫るような声であった。たしかに。

★

タクシーの運転手に、マドレーヌまで行くように頼んだ。その日はいつもほど暑くはなく、歩道を日陰伝いに歩くことができた。彼はアルカード通りに入ったが、強い日差しのためか人通りがなく、静かだった。

この地区に来るのは、実に久しぶりだった。母親がこの近くの劇場に出演していたことや、左側の、通りのずっと奥、オスマン大通り七三番地で父親が事務所を構えていたことを彼は思い出した。七三という番地を覚えていたことに自分で驚いた。しかし、過去の出来事の記憶はすべて、時の流れとともにうすれていた……日差しのもとでうすれていく霧のようなものであった。

その通りとオスマン大通りの角に、カフェはあった。客のいないホール、飾り棚の下の長いカウンター、まるでセルフサービス店か古いウィンピー・ハンバーガーのなかのようだ。ダラガヌは奥のテーブル席に座った。見知らぬ人物は約束どおり来るだろうか？　ふたつのドアが暑さをしのぐために開け放されていた。ひとつはアルカード通り側に、もうひとつは大通り側に。アルカード通りの向こう側に、七三番地の大きなビル……彼は父親の事務所の窓のひとつが、こちら側に向いていたはずだと思った。何階だっただろう？　しかしそれらの思い出は、少しずつしぼんでいく石鹸の泡のように、あるいは目覚めとともに消える夢の断片のように、彼から遠ざかった。もっとも、かつて母親が舞台をつとめていたのはマチュラン通りの劇場だ。子供のころ、母親がその舞台を終えるのを待っていた近くのカフェの内部や、頻繁に行き来したサン・ラザール駅の周辺は、記憶がより鮮明に残っていた。いや、違う。たしかに違う。それはもう、かつてと同じ街並みではない。

「ジャン・ダラガヌさんですか？」

聞き覚えのある声だった。四十歳ぐらいの男が、自分よりも少し若い女性を連れて目の前に立っていた。

「ジル・オットリーニと申します」

電話と同じ、くぐもった、押し迫るような声であった。彼は連れの女性を紹介した。

「連れ合い《ユナミ》の……シャンタル・グリッペです」

ダラガヌはふたりに手を差し出そうとせず、ベンチにじっとしていた。ふたりは彼の前に座った。

「すみません……少し遅れまして……」

彼は冷ややかな声で言った。おそらく平静さを装うためであろう。それはたしかに同じ声だったが、ごくわずかな南仏の訛《なま》りが感じ取れた。ダラガヌが前日の電話では気づかなかったものだ。象牙のような色の肌、黒い瞳、鷲鼻。その顔全体はやせ型で、横顔も正面もきつい感じだった。

「あなたのアドレス帳です」と彼はダラガヌに言った。やはり何か気まずさを抑えたような、冷ややかな口調だった。そして自分の上着のポケットから、アドレス帳を取り出した。彼は手の指を開いたまま、手のひらでそれを被うようにしてテーブルに置いた。ダラガヌがそれを手に取るのを、妨げようとしているようにも見えた。

女性はあたかも自分が注目されたくないかのように、少し身を引いてかしこまっていた。黒褐色の長くも短くもない髪、年は三十歳くらい。黒いシャツと黒いパンタロンを身につけていた。ダラガヌに不安げなまなざしを投げた。その頬骨と切れ長の目から、ベトナム——あるいは中国の出身ではないか、と彼は思った。

「それで、あなたはこのアドレス帳をどこで見つけて下さったのですか？」

「床に落ちていました。パリ・リヨン駅の軽食堂のベンチの下に」

相手はアドレス帳を差し出した。ダラガヌはそれを自分のポケットに押し込んだ。たしかに彼はコート・ダジュールに出かけた日、パリ・リヨン駅に着いてから二階の軽食堂に入ったことを思い出した。

「何かお飲みになりますか?」と、ジル・オットリーニという人物は尋ねた。

ダラガヌは彼らとすぐに別れたかった。しかし、思い直した。

「清涼飲料水《シュエップス》を」

「店員を見つけて、注文してきて。僕はコーヒーでいい」。オットリーニは女性に向き直って、こう言った。

女性はすぐに立ち上がった。どうやら彼に従うのが習い性のようであった。

「このアドレス帳を無くされて、あなたはお困りだったはず……」

彼はダラガヌに対して、横柄ともとれる奇妙な微笑を送った。しかしそれは、もしかしたら彼の不器用さか、内気さによるものかもしれない。

「実を言うと」とダラガヌは言った。「私はもう、ほとんど電話をしないのです」

相手は驚いた眼差しを向けた。おりしも女性が彼らのテーブルに戻り、席に着いた。

「この時間には、もう注文を取らないらしいわ。そろそろ閉店よ」

この時、ダラガヌは初めて彼女の声を聞いたのだった。しゃがれた声、そこに連れの男のような南仏の訛りはなかった。むしろパリのアクセントだった、それに何か意味があるとすればだが。

「この近くでお仕事をされているのですか」とダラガヌは尋ねた。

「広告代理店です、パスキエ通りの。スウェールツ社です」

「あなたも？」

と彼は女性に向き直った。

「いいえ」と、オットリーニが女性に答える暇を与えずに答えた。「彼女は今、何もしていません」。そして再び引きつったような笑みを浮かべた。女性も微笑む気配を見せた。

ダラガヌは早々に、いとまごいをしたかった。今すぐにそれをしなければ、ふたりから逃れられないのではないか？

「あなたといると、私は気持ちが素直になりそうです……」。男はダラガヌに身を乗り出し、声はさらに上ずってきた。

ダラガヌは、前夜、電話を受けた時と同じような感覚を味わった。そう、この男には同じことを繰り返す昆虫のようなしつこさがあった。

「あなたのアドレス帳のページをめくってしまいました……単なる好奇心からですが……」

女性は話を聞いていないことを装うように、顔をそむけた。

「気を悪くなさいませんか？」

ダラガヌは相手の両目をまっすぐに見た。相手はそのまなざしを受け止めた。

「あなたに気を悪くするなんて、どうしてですか？」

沈黙があった。相手はやがて視線を下げた。そして同じ金属的な声で言った。

「あなたのアドレス帳に、ある人物の名前を見つけました。彼についてご存知のことをうかがいたいのですが……」

口調はさらにへりくだったものになっていた。

「あつかましいことを言って、申し訳ありません……」

「どの人物のことですか？」とダラガヌは不承不承にたずねた。

いち早く立ち上がって、オスマン大通り側に開いたドアに向かって足早に歩いてゆくべきではないかと思った。風通しのいいところでひと息つくべきだとも思った。

「ギィ・トルステルという」

そのファーストネームと姓とを、男は音節ごとにはっきり区切って発音した。相手の薄れかけた記憶を呼び覚ますためであるかのように。

「もう一度？」

「ギィ・トルステル」

ダラガヌはポケットからアドレス帳を取り出し、《T》で始まる名前の部分を開いた。ページのずっと上にその名前があったが、そのギィ・トルステルがどのような人物だったか、全く思い起こすことができなかった。

「どんな人物だったか、思い出せません」

「本当に？」

相手はがっかりしたようだった。

「電話番号が七桁ですね」とダラガヌは言った。「少なくとも三十年以上は前の番号のはずです……」

彼はページをめくった。他の電話番号はすべて最近のもので、十桁だった。しかし、そのアドレス帳は使い始めてから五年しか経っていない。

「その名前にお心当たりはないと？」

「ありません」

その何年か前までの彼には、周囲が一目置くような気配りがあった。彼はよく言ったものだ。「この問題を解決するために、もう少し時間を下さい……」。しかし今回、そのような言葉は出て来なかった。

「ある事件がきっかけです。その事件について、私は多くの資料を集めました」と男は応じた。

「この名前も資料にのっていた、ということです……」

彼は突然、聞き流せないという表情をした。

「どのような事件ですか？」

ダラガヌは聞くのが当然のように尋ねた。あたかも昔の自分の、礼儀正しく対応する態度を取り戻したかのように。

「非常に古い事件です……それについての検証記事を書きたいのです……以前、私はジャーナリズムに携わっていましたので……」

しかし、ダラガヌには、そんなことはどうでもいいと思えてきた。できるだけ早く立ち去らなければならない。さもなければ、この男は自分の人生を語りだすだろう。

「すみません」と相手に言った。「私はそのトルステルなる人を覚えていません……私くらいの歳になると、記憶力も衰えます……あいにく、あなた方とお別れしなければなりません……」

彼は立ち上がり、ふたりと握手を交わした。オットリーニはあたかもダラガヌから侮辱されたかのように、そして強く言うべき言葉を飲み込んだかのように、彼に固いまなざしを向けた。若い女のほうは目を伏せていた。

彼は相手が自分の行く手をさえぎらないことを願いながら、オスマン大通り側に開かれたガラス扉に向かって歩いた。外に出て、彼は深呼吸をした。どういう風の吹き回しだったのだろう、三カ月間だれとも会っておらず、それで何の不都合も感じない彼が、見知らぬ男とこのように出会う気になったのは……しかし、案ずるより産むがやすしだ。彼は孤独な状況のなかで、この時期ほど自分を爽快に感じたことはなかった。朝とか夕方には気分が高まり、好奇心が目覚めるひと時があった。自分はまだ何でもできるという気分、そして昔の映画の題名ではないが、《意外な出来事が街角で起きる》という気分である……かつての彼の青春時代の夏の時期と比べても、今夏のように、人生の重圧が和らいだ気がしたことはなかった。とはいえ、夏は本来、迷いの残る季節であり――まさに《哲学にふさわしい》季節なのだ。このように彼にかつて語った人物がいた。哲学の教授モーリス・キャヴアンだった。奇妙なことだ、彼は《キャヴアン》の名前は覚えているのに、このトルステルが誰だったかは分からないのだ。

日差しはまだ残っていた。そして微風が暑さを和らげた。この時間帯のオスマン大通りには、人通りがほとんどなかった。

今までの五十年間に、彼はしばしばそこを行き来した。子供のころには母親に連れられて、この大通りの少し先のプランタン百貨店に行ったこともあった。しかし、今夜はこの街並が彼にはなじみのないものに思えた。この街並と自分とがつながるような、思い出の絆のすべてを彼は断ち切っていた。というより、この街並のほうが彼を拒んでいたのかもしれない。

彼はベンチに座り、ポケットからアドレス帳を取り出した。今しもそれを破り、ベンチの脇の緑のプラスチックのゴミ箱にそのくずを捨てようかと思った。しかし彼はためらった。いや、間もなくそうするだろう、自分の家で誰にも邪魔されずに。彼は何気なく、アドレス帳のページに目を通した。これらの電話番号のなかに、かけてみたい番号がいくつかあった。一方、彼にとって重要であった番号が、二、三、抜け落ちている。いまも暗記しているそれらの番号に電話をかけても、もう応答はないであろう。

朝九時ごろ、電話が鳴った。彼は起き出したばかりだった。

「ダラガヌさんですか？　ジル・オットリーニです」

その声は、前日ほど押しが強くないように感じられた。

「昨日はすみませんでした……あなたのご機嫌を損ねたようで……」

その声の調子は慇懃で、謙虚でさえあった。あれほどダラガヌをうんざりさせた昆虫のようなしつこさは、もはや影をひそめていた。

「昨日……あなたを追いかけようかと思いました……あなたがいきなり立ち去られたものですから……」

しばらく沈黙。しかし、切迫した感じではなかった。

「実は、私はあなたの著書をいくつか読みました。なかでも『夏の暗闇《ル・ノワール・ド・レテ》』……」

『夏の暗闇』、それがたしかに自分が過去に書いた小説のことだと思い当たるのに、数秒かかった。初めての小説だった。かなり昔のことだ……

「『夏の暗闇』はすごく気に入りました。あなたのアドレス帳に書かれていて、私がお尋ねした名前……トルステル……それを『夏の暗闇』のなかに使われましたね」

ダラガヌには全く記憶がなかった。その本の内容そのものとともに。

「それは確かですか？」

「あなたは小説に、その名前をただお使いになっただけです……」

「私は『夏の暗闇』を読み直す必要がありそうですね。しかし、手元には一冊も残っていないのです」

「私のを、お貸ししてもいいですよ」

その口調はさらに無愛想で、ほとんど横柄なものにダラガヌには聞えた。彼はおそらく判断を誤ったのだ。孤独が長く続きすぎると——彼はこの夏の初めから誰とも口をきいていない——、どことなく自分と同類の相手に対して、だれしも用心深くなり、いら立ちやすくなりがちだ。そして、彼らに対して判断を誤りそうになる。いや、相手はきみが思うほど、たちが悪くはない。

「昨日は、細かい点に立ち入って話す時間がありませんでした……しかし、そのトルステル、それがどうかしたのですか……？」

ダラガヌは快活な声を取り戻した。誰かと話すことで十分なのであった。それは、いわば柔軟性を回復させる準備体操のようでもあった。

「どうやらその人物は、古い事件に関わっているようなのです……この次にお会いするときに、すべての資料をお見せします……前に申し上げたように、私はそれについて検証記事を書くつもりなのです……」

やはり、この人物は自分との再会を望んでいる。それもいいではないか？　しばらく前から、新参者たちが自分の生活に入り込むかもしれないという考えに、彼は何がしかのためらいをいだいてきた。しかしその一方で、自分の固定観念から抜け出したいと感じることもあった。それはその日によりけりであった。彼は結局、相手に次のように言った。

「それで、私はどのようなお手伝いができるでしょう？」

「私は仕事の関係で、二日間、留守にしなければなりません。戻りましたら、お電話します。そのときにまたお会いしましょう」

「あなたさえ良ければ」

彼の気分は、もう昨日と同じ状態ではなかった。おそらく、昨日はこのジル・オットリーニを不当に扱い、よからぬ先入観で見ていたのだろう。もとをたどれば、それは先日、彼がうたた寝していた午後に突然鳴った、電話の呼び出し音のせいである……何カ月かの間、ほとんど鳴ったことのない呼び出し音だったから、それが彼に恐怖をもたらし、夜明けに誰かがドアをノックしたような不穏さを感じさせたのだった。

彼は『夏の暗闇』を読み直したいとは思わなかった。かりに読み直したとしても、その小説は他人が書いたものだという印象しか受けないだろう。彼はごく単純に、トルステルのことが書かれているページをコピーしてほしい、とジル・オットリーニに頼めばよいのだ。当人について何らかのことを思い出すには、それで十分ではあるまいか？

アドレス帳の、頭文字《T》のページを彼は開いた。そして、《ギィ・トルステル　四二三四〇　五五》のところに青いボールペンで下線を引き、名前のそばに《？》マークを加えた。これらのページは全て、彼が古いアドレス帳から、亡くなった人の名前や、使われなくなった番号を外しながら書き写したものだ。そしてこのギィ・トルステルはおそらく、彼のうっかりミスで、そのままページ上に残っていたのだろう。三十年ほど前に使っていたはずの、その古いアドレス帳を見つけ出さねばなるまい。過去のほかの人々の名前のなかにこの名を見つければ、おそらく記憶がよみがえるだろう。

しかし、彼は今日、これから収納ボックスや引き出しのなかを丹念に探し回る気力はなかった。『夏の暗闇』を読み返す気力はさらに乏しかった。しかも彼は少し前から、特定の作家の作品を集中して読みふけっていたのだ。博物学者ビュフォンである。そのスタイルの明快さは、少なからず彼の精神の支えになった。もっと前から、この作家から感化を受けるべきだったと後悔していた。《登場人物》が動物であったり、樹木、あるいは花であったりもする小説を書くこと……もしも今、どのような作家になりたいかと誰かに尋ねられたら、彼はためらうことなく、こう答えるだろう。樹木と花にとりつかれた、ビュフォンのような作家に、と。

前日と同じ午後の時刻に、電話が鳴った。またしてもジル・オットリーニからだろう、と彼は思った。しかし違った。聞えてきたのは女性の声だった。

「シャンタル・グリッペです。覚えていらっしゃいますか？　昨日、ジルと一緒にお会いしました……お手間はとらせたくありません……」

弱々しい声、ザーザーという雑音が混じっていた。

少し沈黙があった。

「ダラガヌさん、あなたにお会いしたいのです。ジルのことでお話したいことがあります……」

その時には、彼女の声は近くなった。おそらくこのシャンタル・グリッペは、気持ちを奮い立たせたのだろう。

「昨日の夕方、あなたが行ってしまわれてから、彼はあなたを怒らせたのではないかと案じていました。彼は仕事のため、二日間リヨンで過ごします……私たちふたりだけで、夕方にでもお会いできないでしょうか？」

この時のシャンタル・グリッペの声色には、意を決した気配があった。あたかも水に飛び込む直前に、ためらいを捨てた潜水夫のようだった。

「五時ごろ、よろしいでしょうか？　私はシャロンヌ通り一一八番地に住んでおります」

ダラガヌはその住所を書きとめた。ギィ・トルステルの名前を書いていた同じページに。

「五階の廊下の奥です。一階の郵便受けに名前が書いてあります。ジョゼフィーヌ・グリッペとなっていますが、そのあと私はファーストネームを変えましたので……」

「シャロンヌ通り一一八番地ですね。夕方六時に……五階ですね」とダラガヌは繰り返した。

「ええ、そのとおりです……ジルのことでお話ししましょう」

彼女が電話を切ってから、相手の言った言葉「ジルのことでお話ししましょう」が、ダラガヌの頭のなかで、十二音節詩句《アレクサンドラン》の終結部のように鳴り響いた。なぜファーストネームを変えたのか、彼女に尋ねなければなるまい。

★

レンガ造りのビルは周囲の建物より高く、そしてやや引っ込んで建っていた。ダラガヌはエレベーターに乗らずに、五階まで階段で登ることにした。廊下の突き当たり、扉の上に「ジョゼフィーヌ・グリッペ」という名刺。「ジョゼフィーヌ」というファーストネームの部分は紫色の斜線が引かれ、「シャンタル」と書き換えられていた。呼び鈴を押そうとしたとき、ドアが開いた。彼女は黒い服を着ていた。先日カフェで会った時と同じだった。

「呼び鈴は故障しています。でも、足音が聞えましたので」

彼女は微笑み、ドアの開き口にとどまった。彼を招じ入れようか、ためらっているかのようだった。

「よろしければ、どこか外でお茶でも飲みましょう」とダラガヌは言った。

「それはあとで。ま、お入りください」

ほどほどの広さの部屋、そして右側に開いたままのドア。おそらく、浴室に通じるドアだろう。電球がひとつ天井から下がっていた。

「ここはそんなに広くありません。でも、お話するにはこの方がいいでしょう」

ふたつの窓の間の、明るい色の小さな木机に彼女は向かった。椅子を取り、ベッドのすぐ近くに置いた。

「お掛けください」

彼女自身はベッドの端に、というより、マットレスの端に腰掛けた。そのベッドには床の支えがなかったからである。

「ここは私の部屋です……ジルは十七区のグレジヴォーダン公園のそばに、自分用にもっと大きな部屋を見つけました」

彼女は話をするために頭を上げた。彼は床の上か、ベッドの端の彼女のそばに座りたいと思った。

「ジルはかなりあなたを頼りにしていました。あの事件の検証記事を書くために、力になってほしいと……かつて彼は本を一冊書いたのです。しかし、それをあなたに読んでいただく気持ちにはなれなかった……」

そして彼女はベッドの上で体をひねり、腕を伸ばしてナイトテーブルの上の、緑の表紙の本を取った。

「これです……これをあなたにお貸ししますが、ジルには内緒にして下さい……」

『馬をめぐる思い出《ル・フラヌール・イピック》』という題名の薄い本で、その背表紙からは、サブリエ社による三年前の出版であることが読みとれた。ダラガヌはそれを開き、目次に目を通した。中身は大きく、「競馬場」と「騎手養成学校」という二つの章に分けてあった。

彼女はやや切れ長の目で、彼を見た。

「私たちふたりだけで会ったことを、彼には知られないほうがいいですね」

彼女は立ち上がり、わずかに開いていた窓のひとつを閉めに行った。そして戻ってきて、ベッドの端に腰掛けた。彼女が窓を閉めたのは、ふたりの会話を聞かれたくないからだろうとダラガヌは思った。

「スウェールツ社に勤める前に、ジルは競馬とか競走馬についての記事を、さまざまな新聞や雑誌に書いていました」

打ち明け話をし始めるときのように、彼女は言いよどんだ。

「彼はずっと若かったころ、メゾン・ラフィットに騎手養成学校を開きました。しかし、経営はかなり苦しくて……やがて閉鎖せざるをえなくなったのです……これをお読みになれば分かるでしょうけれど……」

ダラガヌは注意深く話を聞いた。出会って間もない他人の人生にこれほど立ち入るというのは、予想外のことだった……自分の年齢ではそのようなことはもう起きないだろう、と彼は考えていた。彼自身、人付き合いが苦手であることに加え、人間関係は徐々に疎遠になっていくものだという気持ちからだった。

「彼は私を競馬場に誘いました……賭け方も教えてくれました……それは麻薬のようなものです、本当に……」

彼女は突然、悲しげになった。彼女は何らかの金銭的な援助、あるいは心の救いを自分に求めているのではないか、とダラガヌは思った。そして今、胸に迫った相手の言葉の深刻さに、彼は笑いが込み上げた。

「それで、あなた方は今も競馬で賭け事をしているのですか？」

「スウェールツ社に勤めるようになってからは、徐々に少なくなりました」

彼女は声を低めた。おそらく、ジル・オットリーニがいきなり部屋に入ってきて、ふたりを驚かせるのではないかと恐れたのだろう。

「彼が検証記事を書くために集めたメモを、お見せしましょう……多分、あなたはこの人たちをご存じだと思います……」

「どんな人たちですか？」

「たとえば、あなたが話しておられた人物……ギィ・トルステル……」

再び、彼女はベッドの上で体をひねり、ナイトテーブルの下から空色の厚紙のファイルを取り出して開いた。そのなかから、タイプライターで印字された何枚かの書面と、一冊の本『夏の暗闇』を出すと、彼の前に置いた。

「それはあなたが持っていたほうがいいのではありませんか」と彼は素っ気ない声で言った。

「あなたが本のなかで、このギィ・トルステルの名前を出されているページに、彼は印をつけました……」

「そのページをコピーしてくれるように、私から彼に頼むつもりです。そうすれば本を読み直す必要はありませんから……」

自分の本を読み直したくないらしい彼の様子に、彼女は驚いた。

「彼がとったメモも、あとでコピーしましょう。あなたがお持ちになれるように」

そして彼女は、タイプライターで印字された何ページかを選んだ。

「けれども、これらはすべて、彼に気づかれないようにしなければなりません……」

椅子の上でじっとしているのに耐えがたくなったダラガヌは、くつろいだ気分を装うため、ジル・オットリーニの本を開いた。「競馬場」の章で、大文字で印刷された単語《ル・トランブレ》がたまたま目に入った。すると、この単語はなぜか、彼が忘れていた過去の記憶のひとコマを、少しずつよみがえらせるもののような気がした。

「そのうちお分かりになりますよ……それは興味深い本です……」

彼女は彼に顔を向け、微笑んだ。

「ここに住まわれて、永いのですか？」

「二年になります」

明らかに何年も塗り直されていないベージュ色の壁、小さな机、中庭に面したふたつの窓……彼は、今のシャンタル・グリッペの年のころにも、また彼女よりも若いころにも、ここと似たような部屋に住んでいたことがある。しかし当時住んでいたのは、ここ東部ではなかった。十四区や十五区の周辺。それから北西部の、今しがた彼女が不思議な暗合のように名前を出した、グレジヴォーダン公園。また、モンマルトルの丘のふもと、ピガールとブランシュのなかほどにも住んだことがある。

「ジルが今朝、リヨンに発つ前にあなたに電話したことは知っています。彼は何か、特別なことを言ってませんでしたか？」

「いえ、ただ、またお会いしましょうと」

「あなたが腹を立てておられないかと、彼は案じていました……」

今日ふたりが会うことを、ジル・オットリーニは知っているのかもしれない。オットリーニよりも彼女のほうが、相手の話を引き出すのがうまいと彼は感じた。警察署での容疑者への尋問の途中で交代する捜査官のようだ。いや、もしかしたら彼は実際にはリヨンに出発しておらず、ふたりの会話をドアのかげで聞いているのかもしれない。この考えは彼を微笑ませた。

「ぶしつけですが、なぜあなたはファーストネームをお変えになったのですか」

「シャンタルのほうが、ジョゼフィーヌより分かりやすいと思ったからです」

彼女は真顔で言った、あたかもこのファーストネームの変更が、よく考えた末のことだったかのように。

「今ではもう、シャンタルという名前にはほとんどお目にかからない気がしますね。このファーストネームをどうやって探したのですか？」

「聖人名ののっているカレンダーから選びました」

彼女は空色の厚紙のファイルを、ベッドの上の自分のそばに置いた。『夏の暗闇』と、タイプライターで印字された何枚かの紙の間から大きな写真が一枚、半分はみ出していた。

「何ですか、この写真は？」

「ある子供の写真です……あとで分かるでしょう……その書類《ドシエ》に必要なものでした……」

この《書類》という言葉を、彼は好まなかった。

「ジルは、自分が関心をもっている事件についての情報を、警察から入手できたのです……知り合いの警察官に競馬場で賭けをしている人がいました……彼は記録保管所のなかを丹念に調べてくれました……この写真もそこで見つけたのです……」

彼女はまた、先日のカフェでのようなしゃがれた声になった。彼女の年にしては、人を驚かせるような声だった。

「ちょっといいですか？」とダラガヌは言った。「この椅子は、私には高すぎます」

彼は床の上、ベッドの足元に座ることにした。それでふたりは同じ高さになった。

「だめですね……そこはあなたにはふわさしくありません……ベッドにどうぞ……」

身をかがめた彼女の顔が、自分にあまりに近づいたので、その左の頬に小さな傷跡があるのに彼は気づいた。ル・トランブレ。シャンタル。グレジヴォーダン公園。これらの単語がじわじわとふくらみを増してきた。虫の刺し傷は、最初は気づかないほどのものでも、少しずつ烈しい痛みをともない、やがて裂傷のような感覚を、きみに引き起こす。現在と過去は一体になっているが、それらはセロハンの膜のようなもので隔てられているだけなので、それがふつうに感じられるのだ。そのセロハンを突き破るには、虫のひと刺しで十分である。いつだったかごく若かったとき、ここと同じくらい小さな部屋に、彼はシャンタルという名の若い女性とともにいた——当時はわりと多かったファーストネーム、シャンタル——。このシャンタルの夫はポールという人物で、彼は友人たちと土曜日ごとに、習慣のようにパリの周辺、アンギャン、フォルジュ・レ・ゾー……などのカジノへ賭け事をしに出かけた。そして翌日、いくらかの金を手にして帰ってきた。彼、ダラガヌはシャンタルとふたりで、男たちが帰ってくるまで、グレジヴォーダン公園のその部屋で一晩中過ごした。彼女の夫のポールは、競馬場にも頻繁に出かけた。いわば賭け事師であった。彼の場合は、《負けた額の倍賭け《マルタンガール》》にしか的を絞らないのだった。

もうひとりの——今、目の前にいる——シャンタルは立ち上がり、ふたつある窓のひとつを開いた。部屋の温度がかなり上がっていたからだ。

「ジルから電話がくることになっているのです。あなたがここにいらっしゃることを彼に言うつもりはありません。彼を助けると約束してくださる？」

彼はまたしても思った。彼女とジル・オットリーニが示し合わせて、こちらに心の休まるいとまを与えず、たがいちがいに自分と会う手筈になっているのではないかと。しかし、何の目的で？　彼を助けるとはいっても、いったい何を？　彼、ダラガヌがまだ内容を知らない古い事件についての検証記事を書くことを？　その《書類》、今まさにベッドの上に、彼女のそばに開かれている厚紙のファイルのなかの書類は——彼女が先ほど言ったように、——もしかしたら彼に何らかの謎の解明をもたらすかもしれない。

「彼を助けると約束してくださる？」

彼女はより執拗になり、人差し指を振った。その身振りが何かを迫るものなのか、彼には分からなかった。

「私に何を求めているのか、正確なところを彼が明らかにしてくれさえすれば」

浴室から鋭い音が流れた。そして何かの曲の断片が。

「携帯電話です……きっとジルだわ……」

彼女は浴室に入り、ドアを締め切った。ダラガヌに電話の内容を聞かれたくないようだった。彼はベッドの端に座った。その時になって、入口の脇の壁際のコートハンガーに気づいた、そこには黒い繻子《しゅす》製らしいドレスが掛けられていた。両肩の下の部分に、ラメ風の光沢で装飾されたツバメの絵柄がひとつずつ縫いつけてあった。腰と袖口にはファスナーがついている。蚤の市で見つけたと思える古いドレスだった。黄色いツバメ二羽をあしらった黒い繻子のドレス。これを着た彼女を、彼は想像してみた。

浴室のドアの向こうは、しばらく静まり返ることが何度かあり、そのたびにダラガヌは電話が終わったのかと思った。しかし、そう思う先から、彼女のしゃがれ声が聞えた。「いいえ、あなたに約束するわ……」。このフレーズは二、三回現れた。次のようなフレーズも聞えた。「いいえ、それは違うわ」、そして、「それはあなたが思うより、ずっと簡単なことよ……」。どうやら、ジル・オットリーニは彼女を何かのことで非難していたか、自分の心配事を打ち明けていたようだ。それで彼女は相手を安心させたかったのだろう。

電話が長引いたので、ダラガヌは音を立てずにその部屋から出て行こうとした。以前の彼なら、ささいなきっかけを利用して挨拶もせずに立ち去ることがよくあった。その理由はうまく説明できない。その場にふんぎりをつけて、風通しのいい場所で深呼吸をしたいからか？　しかし、このごろの彼は、置かれている状況に無駄にあらがおうとせず、流れに身を任せることが必要だと感じるようになっていた。彼は空色の厚紙のファイルから、先ほど自分の注意を引いた写真を取り出した。ひと目見て、それはスピード証明写真を引き伸ばしたものだと分かった。五〇年代初頭に多く見られたような、短い髪型の七歳ぐらいの男児。しかし、それは今もよく見かける子供の髪型でもあった。現在はすべての流行が同時進行する時代であり、かなり前の、少し前の、そして今日の流行が混ざり合っていた。人々は多分、子供たちのためにかつてのその髪型に立ち返ったのかもしれない。それを見極めなければならないだろう。彼は街角で、子供たちの髪型を観察したくなった。

浴室から出てきた彼女は、携帯電話を手にしていた。

「ごめんなさい……長引いてしまって。だけど、彼を元気づけました。ジルは時折、すべてを悲観的に考えるのです」

彼女はベッドの端、彼のかたわらに座った。

「今から申し上げるようなことで、彼の力になってほしいのです。このトルステルがどういう人物なのかということを、彼はどうしてもあなたに思い出してほしいようなのです……いかがでしょう？」

またしても、質問に次ぐ質問。夜中の何時まで続けられるのだろう？　彼はこの部屋からもう出られないだろう。彼女はドアに鍵を掛けたかもしれない。しかし、彼は自分がとても冷静だと思っていた。ただ、午後の終わりにありがちな疲れを、少しは感じていた。それで、ベッドに横たわりたいと、彼女にざっくばらんに願い出た。

彼は自分のなかで、ひとつの言葉を幾度も反芻《はんすう》した。それを振り払うことができなかった。ル・トランブレである。それは南東部の郊外の競馬場の名前で、彼はシャンタルとポールに連れられて、ある秋の日曜日、そこに行ったことがあった。ポールは観覧席で自分よりも年かさの男と、何か言葉をやり取りしていた。あとからポールは、その男とフォルジュ・レ・ゾーのカジノで何度か会ったことがあり、競馬場でもよく会っていたと説明した。その男は彼らを車でパリまで送ろうかと言った。それは本当にすがすがしい秋日和で、今日のような《小春日和《インディアン・サマー》》ではなかった。この室内のような、いつになれば暑さが和らぐのか分からない状態ではなかった……彼女は空色の厚紙のファイルを閉じ、自分の膝の上に置いた。

「あなたのために、コピーをとりに行かなければなりません……すぐ近くです……」

彼女は腕時計を見た。

「店は七時に閉まります……まだ間に合います……」

彼はあとになって、あれは正確には何年の秋だったか思い出そうとした。彼らの乗った車はル・トランブレからマルヌ川沿いに、夜のヴァンセンヌの森を横切った。ダラガヌは運転する男の隣に座り、ほかのふたりは後ろに座った。ポールが男に、彼を——ジャン・ダラガヌ——と紹介したとき、相手は驚いたようだった。

彼らはル・トランブレの最終レースでの、取るに足りないことを話していた。男は彼に言った。

「ダラガヌさんとおっしゃるんですか？　かなり昔に、あなたのご両親にお会いしたような気がします……」

その《ご両親》という言葉に彼は驚いた。物心がついてから、両親がともにそばにいたということは、かつてなかった。

「十五年ほど前のことです……パリの近郊の家で……ひとりのお子さんを覚えています……」

男は彼の方を向いた。

「そのお子さんが、あなただったと思います……」

自分がもう考えなくなっていた人生の一時期について、相手がいろいろ質問してくるのではないか、とダラガヌは恐れた。しかも彼には、話すべき話題がなかった。一方、相手はしばらく沈黙を続けた。そのうち相手が口を開いた。

「それがパリ近郊のどの辺りのことだったか、もう思い出せないのです……」

「私にも分かりません」。そして彼は、そのようにそっけなく答えたことを悔いた。

たしかに、彼はその秋の正確な日時を思い出せば、すっきりしただろう。しかしその時、彼は今なおベッドの端、このシャンタルのかたわらに腰掛けていて、おりしもとらえられていた眠気から急激に覚めたように感じた。彼はもとの会話に戻ろうとした。

「あなたはよく、このドレスを着るのですか？」

黄色い二羽のツバメをあしらった黒い繻子のドレスを、彼は指さした。

「それはここで見つけたものです、この部屋を借りたときにね。これはきっと、前に住んでいた人のものです」

「もしかしたらあなたのかもしれません、いわば前世に着ていたのかも」

彼女は眉をひそめ、用心深いまなざしを彼に向けた。そして言った。

「コピーをとりに行きましょうか」

立ち上がった彼女が、できるだけ早く部屋を出たがっているように、ダラガヌは感じた。彼女は何を恐れていたのだろう？　そのドレスのことを話してはいけなかったのかもしれない。

自宅に戻った彼は、今まで夢を見ていたのではないかと思った。それは間違いなく、インディアン・サマーとその暑さのせいであった。

ヴォルテール大通りにある文房具店に、彼は連れて行かれた。店の奥に一台のコピー機があった。タイプライターで印字された紙は、そのむかし《航空便》の手紙に使われていた便箋のような薄さだった。

ふたりは店から出て、大通りを少し歩いた。彼女はもう、彼から離れたくないようだった。今ここで互いに別れればそれっきり、彼から音沙汰がなくなるかもしれず、そして謎だらけのトルステルが何者なのか、ジル・オットリーニには分からずじまいになるかもしれない。それを彼女は恐れたのだろう。しかし彼もまた、彼女のそばにいてもいいという気持ちでいた。彼女が自分のアパートにひとりで戻ると思うと、気がかりでもあった。

「あなたが今夜この書類を読めば、おそらく何か思い出されるでしょう……」。こう言って、すでに彼に手渡していた、コピーの入ったオレンジ色の厚紙のファイルを彼女は示した。彼女は子供の顔写真を焼き増すことも望んだ。「今夜、何時でもかまいませんから私に電話をください……ジルは明日の午後にならないと帰りません……あなたがそれをお読みになって、どうお考えになるか知りたいのです……」

そして彼女は自分の財布から名刺を取り出した。そこにはシャンタル・グリッペという名前、シャロンヌ通り一一八番地という住所、携帯電話の番号が書かれていた。

「すぐ帰らなければなりません……ジルから電話が来ることになっているのに、携帯を持って出るのを忘れました……」

ふたりはきびすを返して、シャロンヌ通りの方に向かった。お互いに一言も語らなかった。語る必要がなかった。彼女はふたりが並んで歩くのを自然なことと感じているようであった。彼女と腕組みをしようか、相手はふたりが旧知の間柄であるかのように、それを受け入れるだろうか、とダラガヌは考えた。シャロンヌの地下鉄駅の階段の手前で、ふたりは別れた。

今、彼は書斎に戻り、《書類》のページをめくった。しかし、それをすぐに読みたいとは思わなかった。

まず、どのページも、行間を空けずにタイプライターで印字されていた。そのように次から次へとぎっしりと詰め込まれた文字の羅列は、読む前から彼を意気阻喪させた。しかも、このトルステルが、どんな人物だったか、その答えはすでに見つけていたのだ。あの秋の日曜日のル・トランブレからの帰り、その男は、同乗者たちをそれぞれの住まいまで送りたいと言った。しかし、シャンタルとポールはモンパルナスで降りた。そこから地下鉄に乗れば、彼らの住まいまで乗り換えなしで帰れたからだ。ダラガヌは車のなかに残った。男は、グレジヴォーダン公園からそれほど遠くないところに住んでいると言い、そこはダラガヌの住まいの区域でもあった。

帰りの車中では、ふたりはほとんどの間、沈黙を保っていた。しかし、男がこう言ったことで、沈黙は途切れた。

「パリ郊外のその家に、私は二、三回、行ったことがあるはずです……あなたのお母さんに案内してもらいました……」

ダラガヌは何も答えなかった。とにかく、自分のはるか昔の過去について考えることを避けていた。母親については、まだ生きているのかどうかさえ分からなかった。

相手はグレジヴォーダン公園の近くに車を止めた。

「お母さんによろしくお伝えください……ずいぶん長い間、お会いしていません……私たちは仲間とともにクラブのようなものに所属していました……クリザリッド・クラブでした……どうぞこれをお持ちください。お母さんが私と連絡をとろうとされる時のために……」

男は名刺を渡した。そこには《ギィ・トルステル》と書かれ、――彼が記憶するかぎりでは――勤務先の――パレ・ロワイヤルの書店の住所が書かれていた。そして電話番号も。その後、ダラガヌはその名刺を無くしてしまった。しかし、その名前と電話番号だけは――なぜだろう？――当時の自分のアドレス帳に書き写していたのだ。

彼は自分の机に向かった。乱雑な《書類》の紙束の下に、自作の小説『夏の暗闇』の四七ページのコピーを見つけた。くだんのトルステルの名前が出ているページだった。その名前には、おそらくジル・オットリーニが引いたものらしいアンダーラインがあった。彼は文章を読んでみた。

「ボジョレ小路、そこにはまさに一軒の書店があり、店内のショーウィンドーのなかには美術書が並べてあった。彼は店内に入った。黒褐色の髪の女性が机に向かっていた。

『モリーアンさんにお会いしたいのですが』

『モリーアンは不在です』と彼女は言った。『トルステルなら、おりますが』」

ただそれだけである。大した内容ではない。その名前は小説の四七ページに現れるだけだった。

彼はその夜、行間を空けずにタイプライターで印字された《書類》のページの数々から、同じ名前を探す気力はなかった。トルステル。干草《まぐさ》の束のなかから一本の針を探すようなものだ。

無くしてしまった名刺に、パレ・ロワイヤルの書店の住所が確かに記載されていたことを彼は思い出した。電話番号は多分その書店のものだっただろう。しかし、四十五年以上も経った現在、名前しか知らない男の消息を、これらふたつのあいまいな手がかりから突き止めるのはきわめて難しいだろう。

彼は長いすの上に身を伸ばして、目をつむった。ほんのわずかな時間ではあったが、彼は気持ちを集中し、過去をさかのぼろうとした。小説『夏の暗闇』を書き始めたとき、季節は秋だった。日曜日にル・トランブレに出かけたのはその秋だ。その本の最初のページを日曜日の夜、グレジヴォーダン公園に近い部屋で書き始めたことを覚えている。その何時間か前、トルステルの車がマルヌ川の岸沿いを走り、ヴァンセンヌの森を横切った時、彼はまさに秋の風情を感じ取ったのだ。薄い霧、濡れた地面の匂い、落ち葉が散り敷いた並木道などが印象的だった。今では《トランブレ》という言葉は、つねにこの年の秋の記憶と結びついているようだ。

そして、かつて自作の小説のなかに使った、トルステルという名前もそうだ。こちらは単に、その響きが特徴的だった。彼にトルステルを思い起こさせたのは、その響きだったのだ。それ以上突きつめる必要はなかった。それが彼にとってのすべてだった。ジル・オットリーニはおそらく失望するだろう。残念だが仕方がない。いずれにしても彼にどんな些細な説明もする必要はなかった。彼には関係のないことだった。

夜の十一時ごろ。その時間にひとりで自室にいる時、自ら《低迷状態《パサージュ・ア・ヴィイッド》》と名づけているものに彼はしばしば陥った。そんな夜には、彼は近くの、深夜まで営業しているカフェに行った。まばゆい明かり、人々のざわめきや行き来、自分がそれに加わっているかに思える会話の数々、それらすべてが束の間、彼自身の低迷状態を乗り越えさせた。しかし少し前から、そのような一時しのぎをする必要はなくなっていた。書斎の窓から、隣の建物の中庭に植えられた樹木を眺めるだけで十分だった。その樹木はほかのものよりもずっと遅く、十一月まで葉が繁っていたのだ。それはシデか、オウシュウヤマナラシだと人から教わったが、もはやさだかではない。自分が樹木や花に十分な注意を払わないまま、これまで長年過ごしてきたことを彼は悔いた。ビュフォンの『博物誌』しか読まなくなっていた彼だが、突然、フランスの女性哲学者の『回想録』のなかの一文を思い出した。この哲学者は戦争中、ある女性の次のような発言にショックを受けていた。「どうすればいいのでしょう、草の茎一本と私との関係を、戦争が変えるわけではありません」。哲学者はおそらくこの女性を軽薄か、あるいは無関心とみなしたのだろう。しかし、彼、ダラガヌにとっては、この一文は次のような別の意味をもっていた。世の中が激変し、あるいは人間のモラルが失われた時代に、心のバランスを保ち、人の道を踏み外さないためには、何らかの安らぎとなる一点を見つけるしか救いはない。きみのまなざしは一茎の草、一本の樹木、一輪の花の花びらの上にとどまるだろう、あたかもきみがひとつの浮き輪にしがみつくように。窓ガラスの先にある、そのシデ――あるいはオウシュウヤマナラシ――は彼を落ち着かせた。そして、時刻はほぼ夜の十一時であるにもかかわらず、その樹木の静かなたたずまいが彼を力づけていた。さて、頭を切り替えて、タイプライターで印字されたページを読むことだ。まず、彼には次の明白な事実を認める必要があった。ジル・オットリーニの声と体つきは、一見して《ゆすり》のそれのように思えた。彼はこの偏見を克服したかった。しかし、本当にそれが出来ただろうか？

ページを束ねていたクリップを彼は取り外した。コピーの用紙は、オリジナルのそれと同じではなかった。シャンタル・グリッペがコピーしたときの元の紙片が、いかに薄く透き通っていたかを彼は思い出した。それらは《航空便》用の便箋を思わせた。いや、そのようなたとえでもまだ、ぴったりではない。それらはむしろ、警察の取り調べで用いられる薄葉紙のような半透明さだった。ちなみに、シャンタル・グリッペは彼にこう言ったのだ。「ジルは事件についての情報を、警察から入手できたのです……」

彼はもう一度、まなざしを前方の樹木の枝葉に向けてから、ページを読み始めた。

それらの活字は、きわめて小さかった。今日ではもうお目にかかれない携帯用ワープロで印字された文字のようだった。ダラガヌは、溶けにくいブイヨンの固まりに身を浸したような気がした。時おり、一行飛ばしてしまい、人差し指でなぞりながら後戻りしなければならなかった。それは丁寧にまとめられた報告書というより、むしろコレット・ローランという女性が殺害された事件の混乱のなかで、それにかかわるさまざまなメモを十把一絡げに寄せ集めたもののようだった。

　メモには、被害女性の過去が書き連ねられていた。ごく若い時、地方からパリに来る。ポンティウー通りのナイトクラブで働く。オデオン地区でホテル住まい。美術学校の生徒たちと交友関係。事情聴取を受けた人たち、および彼女がナイトクラブで知り合った人たちのリスト、美術学校の生徒たちのリスト。十五区のホテルの一室で、死体で発見。ホテル経営者の尋問調書。

　これがつまるところ、オットリーニの気を引いた事件だったのだろうか？　彼は読むのを中断した。コレット・ローラン。珍しくもないようなこの名前が、彼のなかでエコーしはじめた。しかし、そのエコーの正体を確かめるには、響きが弱過ぎた。メモのどこかに、一九五一年と記されていた気がした。しかし目を向けただけで息苦しくなるほど、ぎっしりと詰め込まれた言葉の羅列のなかから、それを確認するだけの気力が彼にはなかった。

　一九五一年。それから半世紀以上が過ぎ、その事件の目撃者たちはもとより、殺人犯さえもうこの世にはいない。ジル・オットリーニがそれに関心を持ったのは、あまりにも遅い。詮索好きなその男は、どんな情報をいくら与えても満足しないのではないか。もっとも、このような大雑把な形容語で彼を想定したことを、ダラガヌは悔いた。まだ読むべきページは残っている。この《書類》を開いた時に感じた、神経の高まりと不安感は、彼のなかに消えずに残っていた。

　彼はしばらく、シデの枝葉を見詰めた。その木はあたかも寝息を立てているように、静かに揺れていた。たしかに、その木は彼の友だちだ。彼はある詩集の表題を思い出した。ある少女が八歳のときに書き上げ、出版された『木、友だち』である。彼はこの少女にやっかみを覚えた。彼女と同年齢のころの彼も当時、詩を書いていたからだ。それはいつのことだったろう？　遠い昔の子供時代、ほぼ一九五一年ごろ。そのころ、コレット・ローランは殺されたのだ。

再び、行間を空けずに印字された、極小の文字群に目を移した。文字のつながりを見失わないように、人差し指でなぞった。そしてようやく見つけた、ギィ・トルステルの名前を。ほかに三人の名前も連ねてあり、そのひとつが自分の母親の名前であることに彼は驚いた。母以外の二人の名前は、ボブ・ビュナン、ジャック・ペラン・ド・ララだった。その人たちのことを、彼はうっすらと覚えている。それは、彼と同じ年頃の少女の『木、友だち』が出版された遠い過去と重なる。ひとり目のビュナンは、ベージュ色の服を着たスポーツマンらしい体つき。黒褐色の髪だったと思う。そしてもうひとり、古代ローマの彫像を連想させる大きな頭の男、こちらは暖炉の大理石に優雅なポーズでひじを突き、何か話していた。子供時代の思い出というものはしばしば、取るに足りない物事にまつわるひとコマにすぎない。そもそもオットリーニの注意を引いたのは彼らの名前であり、彼はずっとあとに、それらの名前とダラガヌを結びつけたのではないだろうか？　いや、違う。やはり、それはありえない。まず、彼の母親の姓が、彼の姓とは異なっている。ほかのふたりの名前、ビュナンとペラン・ド・ララは、長い年月の闇に埋没していた。彼らがオットリーニに何かを思い起こさせるには、彼は若すぎる年齢だ。

読み進めるうちに、彼には次のように思えてきた。この《書類》には、一九五二年を示す部分もあることから、これは別々の年に行われたふたつの捜査の断片的な記録がひとつに詰め込まれた、いわば未整理の資料であろうと。しかし、コレット・ローランを殺害した犯人に関する一九五一年のメモと、最後の二ページに記されたメモにあった次のいくつかの言葉から、ほのかな解明の糸口がみえてきた。《コレット・ローラン》は《サン・ルー・ラ・フォレの家》をよく訪ねた。そこには《アニー・アストランなる女性》が住んでいた。その家はどうやら、警察の監視の対象になっていたようだ――しかし、どのような容疑で？　そこに書き連ねられた名前のなかには、トルステル、自分の母親、ビュナン、ペラン・ド・ララもある。そのほかのふたりの名前が、彼の心に突き刺さった。ロジェ・ヴァンサン、そしてとりわけ、サン・ルー・ラ・フォレに住んでいた《アニー・アストランなる女性》だった。

それらの混乱したメモを彼は整理したかったが、自分には荷が重過ぎる気がした。しかもこんな深夜には、だれしもよく奇妙な考えを抱きがちだ。ジル・オットリーニが書類のすべてのメモを集めたとき、彼の頭のなかにあった本当のねらいは、古い事件などではなく、つまるところ、ダラガヌ本人だったのではないか。もちろん、オットリーニはその段階で的を絞りきれていたわけではなく、暗闇のなかを手探りで進もうとし、行く先々であらぬ方向にさまよい、問題の核心に触れることができなかったのだ。解決の道を求めて、わが身の周りを右往左往している気分だったはずだ。おそらく彼は、ちぐはぐな情報でも集められるものはすべて集めてダラガヌに示し、相手がそれらのひとつにでも反応を示すのを期待したのだろう。ちょうど、容疑者を尋問する警察官が、相手のかたくなな気持ちを和らげるために、取るに足りない話題からやりとりを始めるように。それによって容疑者の気持ちがほぐれる気配が見えたら、事件の核心に結びつく質問をするのである。

彼は再び、窓ガラスの先のシデの枝葉に目を向けた。そして彼は、先ほどのような考えを好ましくはないと思った。彼は冷静さを失っていた。いま読んだばかりのページの数々は、ぎこちない下書きに過ぎず、本質からはほど遠い断片の寄せ集めに過ぎなかった。ただひとつ、《アニー・アストラン》の名前にだけは、彼の気持ちを揺さぶり、引き寄せる磁力のようなものがあった。しかしその名前は、行間を空けずにぎっしり印字された言葉の群れのなかに辛うじて読めたものだった。アニー・アストラン。それはあたかも深夜にラジオで受信した遠くの声、きみには彼女からのメッセージかと思えるような声。かつて誰かが彼にこう断言した。かつてはきみにとって身近な人がだったとしても、きみはすぐにその人の声を忘れるだろうと。けれども今日、街のどこかで、背後からアニー・アストランの声がすれば、彼は必ずやそれを聞き分けるだろう。

彼が再び、オットリーニに会うことがあるとしても、アニー・アストランの名前を出して相手の気を引くことはしないだろう。しかし、再会するかどうかは確かではない。ともかくも、ギィ・トルステルについてのわずかな情報を与えるために、彼はごく短い手紙ぐらいは書き送るかもしれない。パレ・ロワイヤル公園沿いのボジョレ小路の書店、そこで仕事をしていたひとりの男。そうだ、ほぼ五十年前、その男には一度会ったきりである。ル・トランブレでの秋、日曜日の夕暮れに。ダラガヌは親切にも、ほかのふたり、ビュナンとペラン・ド・ララについても、何らかの記憶のひとコマを、ついでに相手に提供するかもしれない。ふたりは自分の母親の知り合いで、ギィ・トルステルもそうだったはずだ。彼が詩集『木、友だち』を読み、それを書いた同年齢の少女にやっかみを覚えていた年、ビュナンとペラン・ド・ララは――そしておそらく、トルステルも――、ミサ典書のように、彼らにとって非常に重要らしい本を常にポケットにしのばせていた。彼が今も覚えているその表題は、『オオカミ・ファブリッツィオ』というものだった。ある日、ペラン・ド・ララが彼に低い声で、こう言った。「きみも大きくなったら、『オオカミ・ファブリッツィオ』を読みなさい」と。その言葉の風変わりな響きのために、それはきみにとって、終生、謎のまま残りそうなフレーズである。彼は後年、この本を探した。しかし結局、どこにも見つからずじまいで、一度もその『オオカミ・ファブリッツィオ』を読んだことはない。とはいえ、彼はこれらの事細かな思い出を掘り起こす必要はなかっただろう。すべてをすっきりさせるために必要な結末、それは彼がジル・オットリーニと完全に袂《たもと》を分かち、関係を打ち切りにすることである。電話の呼び出し音が鳴っても、それには出ないことだ。一部の人々には、連絡は手紙でと依頼すべきだろう。もっとも耐えがたいのは、自分の住む建物の前で、玄関ドアの暗証コードを知らないオットリーニが待ち構え、だれかが表門を開けたすきにその後から侵入することである。玄関のベルが鳴らないようにすることも忘れてはなるまい。自分が家を出るたびにジル・オットリーニに出くわして、通りで声をかけられたり、ついて来られたりするかもしれない。そうなれば最後の手段として、最寄りの警察署に避難するしかあるまい。しかし警察官たちは、彼の説明を真に受けないだろう。

深夜の一時になろうとしていた。そのような時間には、静けさと孤独のなかで、人は何でもないことから幻想をいだくようになりがちだ、と彼は思う。彼は少しずつ安らぎを取り戻し、オットリーニの顔を思い浮かべ、こらえきれずにひとり笑いをした。彼の顔は前髪を垂らしすぎたヘアスタイルのため、前を向いていても他人には横を向いているように見えたからだ。

タイプライターで印字された紙面の数々は、机の上に散らばっていた。赤と青の二色が一本になった鉛筆を彼は手に持った。自分の手書き原稿を修正するために使っているものだ。彼はページごとに不要な部分を、青鉛筆で大まかに線を引いて消し、その名前、《アニー・アストラン》だけを赤で丸く囲った。

深夜の二時ごろ、電話が鳴った。彼はソファーで眠っていた。

「もしもし……ダラガヌさん？　シャンタル・グリッペです……」

彼はしばらく返事をためらった。夢を見ていたところで、そこにはアニー・アストランの面影が浮かび上がっていたのだ。そのような夢は三十年以上も見たことがなかった。

「コピーをお読みになりました？」

「ええ」

「こんな遅い時間に電話してごめんなさい……どうしてもあなたのご意見を聞きたくて仕方なかったのです……聞いてらっしゃる？」

「ええ」

「ジルが戻る前に、お会いすべきだと思いました。お宅に伺ってもいいかしら？」

「今から？」

「ええ、今から」

彼は彼女に、住所と玄関ドアの暗証コード、部屋が何階かを伝えた。夢からは、すっかり覚めたのか？　ほんの少し前、アニー・アストランの面影がごく間近に浮かび上がっていたのに……夢のなかの彼女は、サン・ルー・ラ・フォレの家の前で車に乗ってハンドルを握っていた。その隣に彼が座り、彼女から話しかけられていたのだが、その声までは聞えなかった。

彼の机の上にはコピーが散乱していた。それらに青鉛筆で線を引いたことを、彼は忘れていた。しかし、アニー・アストランの名前は赤い丸で囲っていたため、ぱっと目に入った……これをジル・オットリーニに見られないようにしなければならない。その赤い丸囲いは、彼に何らかの手がかりを与えるリスクがある。たとえば警察官なら、相手にありふれた話題をいくつかふりまいたのち、核心となる質問を投げかけるだろう。

「ところで、あなたはなぜ、この名前を丸で囲ったのですか？」と。

彼はシデの木にまなざしを向けた。その枝葉が動きを止めていたことは、彼を安心させた。その樹木は彼から目をそらさない唯一のもの、見張り番である。彼は通りを見下ろせる窓のそばに立った。その時間には車は一台も通らず、街灯はただ暗闇を照らしているだけだった。ふと、向かいの歩道を歩いているシャンタル・グリッペが目に入った。建物の番号を確かめているようだった。手にはビニール袋をさげていた。シャロンヌ通りからここまで歩いてきたのだろうか、と彼は思った。やがて正門の扉が手荒く閉まり、階段をのぼる足音が聞えた。非常にゆっくりとしたその足音は、のぼるのをためらっているかのようだった。呼び鈴が押される前にドアを開けると、彼女は思わず飛び上がった。このときも黒いシャツとパンタロン姿だった。アルカード通りのカフェで最初に会ったときのように、おずおずとしているように見えた。

「こんな夜遅くに、お邪魔したくはなかったのですが……」

ドアの敷居の上で、彼女は申し訳なさそうにじっとしていた。彼はその腕を取って招き入れた。そうしなければ彼女がきびすを返してしまうような気がした。書斎として使っている小部屋でソファーを勧めると、彼女はそこに座ってビニール袋をかたわらに置いた。

「お読みになったのですね？」

不安げな声で彼女は尋ねた。そんなことを、なぜそれほど重大視するのだろう？

「読みました。しかし、本当にあなたの御主人《ヴォートル・アミ》の助けにはなれません。私は書かれている人たちを知らないのです」

「トルステルも？」

彼女は相手の目をじっと見据えた。

あてどない質問が、朝までひっきりなしに繰り返されるだろう。やがて、八時ごろになると、誰かが玄関の呼び鈴を鳴らすだろう。それはリヨンから戻り、彼女と選手交代に訪れるジル・オットリーニだろう。

「そう、トルステルも」

「ご存じなかったのなら、なぜあなたは本のなかで、その名前をお使いになったの？」

彼女は、無邪気な声を装って尋ねた。

「作中人物の名前は、あてずっぽうに選びました。電話帳を見ながら」

「それでは、ジルの力になって下さらないの？」

彼はソファーにゆき、彼女のかたわらに腰掛けた。そして顔を相手に近づけた。ふたたび彼女の左の頬の傷跡が目に入った。

「彼はあなたに、検証記事を書くのを手伝ってほしいと思っているはずです……これらの紙面に書きとめられていることはすべて、あなたに関わっていると彼は考えていました……」

その瞬間から、彼は互いの立場が入れ替わったと思った。そして、かつてある組織で耳にした表現を借りるなら、彼女の《口を割らせる》には、わずかなことで足りるという気がした。彼女の目の下に薄黒い隈《くま》があることと、両手が震えていることに、ランプの光で気づいた。先ほど開けたドアの前に立っていた時よりも、青ざめているように見えた。

青鉛筆で線を引いたページは、机の上で目についた。しかしその時の彼女は、それが全く眼中にないようだった。

「ジルはあなたの本をすべて読み、あなたについて調べました……」

その発言は、彼にいささかの不安を呼び起こした。これから先、運悪くだれかの監視にさらされ続けるようなことになるのではないか。たとえば、きみと視線を合わせる、ある種の人たち。その人たちは理由もなくいきなり攻撃的になったり、あるいはきみに話しかけに来るかもしれない、それを避けるのはきわめて難しいだろう。街を出歩くたびに、彼はつねに目を伏せねばなるまい。

「もうひとつ申し上げたいのは、彼がスウェールッツ社を解雇されそうだということです……そうなると、また失業状態に戻ることになります……」

彼女のくたびれた声の調子に、ダラガヌは驚いた。この疲れた様子のなかに、激しい怒りの火種や、なげやりな気持ちもいくらか潜んでいるような気がした。

「彼はあなたが力になって下さると信じていました……かなり前から、あなたのことを知っていたようです……あなたについて多くの知識があります……」

どうやら、彼女はそれについてもっと語りたかったようだ。そろそろ化粧が崩れはじめ、だれしも打ち明け話に我を忘れてしまいそうな、しかるべき夜の時間が迫っていた。

「何か飲みものでも?」

「そうですね……ちょっと強い飲み物を……私には《気付け《クドフェ》》が必要なので……」

その年齢には似合わない、古めかしいこの表現を彼女が使ったことに、ダラガヌは驚いた。《気付け》という言葉を、彼は長い間聞いたことがなかった。かつてアニー・アストランが、その言葉を使っていたのかもしれない。彼女は自分の片手を別の片手で、かわるがわる握りしめた。手の震えを抑えようとしているかのようだった。

台所の戸棚のなかには、中身が半分になったウォッカの瓶しかなかった。こんなところに、よくこれが残っていたものだと彼は思った。彼女は長いすの上で脚を伸ばし、背中にオレンジ色のクッションを当てていた。

「ごめんなさい、私、少し疲れたみたいで……」

彼女はひと口飲んだ。さらに、もうひと口。

「少しよくなりました。それにしても大変ですわ、夜会《ソワレ》って……」

彼女は相槌を打ってほしいというように、ダラガヌを見た。彼は一瞬ためらってから尋ねた。

「夜会というと?」

「私がさっきまでいたような……」

そしてそっけない声で、こう言った。

「私はお金をいただいて、《夜会》に行くのです……ジルのためです……彼にはお金が必要なのです……」

彼女は顔を伏せた。自分の言ったことを悔いているようだった。目の前の、緑色のビロードの椅子に座っていた彼に、彼女は向き直った。

「あなたに助けを求めているのは、彼ではなく……私なのです……」

そう言って彼に微笑を投げた、その微笑は弱々しいとも、生彩がないとも言えた。

「私はこれでも、正直な女です……ですから、あなたに言わねばなりません、ジルには十分に注意してくださいと……」

彼女は位置を変え、ソファーの端に座りなおした、彼によく顔を向けるために。

「彼はあなたについてのいろんなことを知りました……警察の例の知人から……そうして、彼はあなたとつながりを持とうしています……」

疲れからだろうか？　ダラガヌには、彼女の言うことが理解できなくなっていた。自分についてあの男が警察で知った《いろんなこと》とは、どのようなことなのか？　いずれにせよ、《書類》のページの数々は、決定的なものではなかった。引用された名前はほとんど彼の知らないものばかりだった。自分の母親、トルステル、ビュナン、ペラン・ド・ララを除けば。しかも、それらの名前さえ、あまりにも遠い過去のもの……自分の人生のなかで、彼らは影が薄すぎた……

過ぎ去った長い年月の間の、端役的な人たちだった。もちろん、アニー・アストランの名前もあった。だが、かすかに。ほかの名前に埋もれて余りにも分かりづらく、ちらりと載せられていただけだ。しかも、つづりも、Astrand ではなく、間違って Astran となっていた。

「私のことはご心配なく」とダラガヌは言った。「私は誰も恐れてはいません。とりわけ、《ゆすり》のような人物は」

その《ゆすり》という言葉を彼が使ったことに、彼女は驚いたようだった。とはいえ、考えるまでもなく明白なことを言い当てられたかのようだった。

「彼があなたのアドレス帳を持ち去ってしまわなかったことが、私には今もってよく分かりません……」

彼女は微笑んだ。冗談を言いたかったのだ、と彼は思った。

「時折、ジルのことが不安になります……ですから、私は彼から離れられないのです……それほど長い間、私たちは知り合っているのです……」

彼女の声は少しずつかすれてきた。そのような告白が朝まで続くのではないかと彼は恐れた。注意をそらさずに、それを最後まで聞けるだろうか？

「彼がリヨンに行ったのは仕事のためではなく、カジノで賭け事をするためなのです……」

「シャルボニエールのカジノで？」

とっさにこのフレーズが彼の口から出た。そして彼はこの《シャルボニエール》という言葉に自分で驚いた。ずっと忘れていて、今、突然、過去からよみがえった言葉なのである。ポールと仲間たちがシャルボニエールのカジノへ賭け事に行くとき、彼らは金曜日の午後に出発し、月曜日にパリに帰ってきた。そのためグレジヴォーダン公園の部屋で、彼はシャンタルとほぼ三日間を過ごすことになった。

「そう、彼が行ったのはシャルボニエールのカジノです。そこの使用人《クルーピエ》を彼は知っていましたから……シャルボニエールのカジノから帰る時はいつも、ふだんより少しお金が増えていました」

「それで、あなたはいっしょに行かなかったのですか？」

「行きませんわ。ただ、最初のうち、知り合った当初は……私は彼を、会員制の賭博場だったゲヨン・サークルで待ちました……女性のための待合室があったのです……」

ダラガヌは聞き間違えたのではないだろうか？　《ゲヨン》は――《シャルボニエール》と同様――かつてよく耳にした名前であった。その昔、シャンタルが前触れもなくグレジヴォーダン公園の部屋へ彼に会いに来た時、こう言ったものだ。「ポールはゲヨン・サークルにいるの……私たちは今日の夕方から、一緒に過ごせるわ……夜もね……」

そのゲヨン・サークルは、まだ実際にあったのだろうか？　少年時代のきみが耳にしたつまらない言葉が長い年月の後、きみの後半生に、口癖とか繰り言としてよみがえっただけのことではないのだろうか？

「パリにひとりで残っていた時、ちょっと特別な夜会で働かされました……私はジルのために応じました……彼はいつもお金が必要でした……そして今では状況がもっと悪くなったのです、彼は働いていませんから……」

しかし、そうだとしても、一体なぜ彼までが、ジル・オットリーニやこのシャンタル・グリッペと親しい間柄になったのか？　かつて新しい出会いはたいてい、突然の機会にふらりと訪れるものだった——だれかとだれかが、子供時代の遊園地の豆自動車どうしのように、街の通りでぶつかってしまうのと同じである。そこでは、ことはすべてがスムーズに運んだ。失ったアドレス帳、電話の声、カフェで会う約束……そう、すべてに夢のなかのような優雅さがあった。そして、その《書類》のページの数々は、こちらも不思議な印象を彼にもたらした。いくつかの名前、とくにアニー・アストランのそれを含め、行間を空けずにタイプライターで印字され、圧縮されたそれらの言葉のすべてが、彼の過去の人生の細部を、波打った鏡に映しだすように浮かび上がらせた。心の落ち着かない夜が来るたびにきみに付きまとうような、とりとめのない記憶の細部を浮かび上がらせたのである。

「明日、彼はシャルボニエールから帰ってきます……正午ごろ……彼はあなたに付きまとうでしょう……私たちが会っていたことだけはおっしゃらないで下さいね」

彼女が言っているのは本当のことなのだろうか。また、もしも彼女がオットリーニの差し金でこのような行動を取っているのでないのならば、今夜ここを訪問することも彼には伝えていないのだろうか、とダラガヌは思った。いずれにしても、近いうちに彼らと袂《たもと》を分かつことができるのは確実だった。自分が今までの人生で、多くの人に対してしたように。

「要するにあなた方は」と彼は陽気に言った。「極道《ごくどう》のカップルですね」

その言葉に彼女はあっけに取られたようだった。彼はすぐに、そう言ったことを悔いた。彼女がうつむいたので、泣き崩れるのかと彼は一瞬、思った。彼は彼女に身をかがめたが、相手は彼の視線を避けた。

「すべては、ジルのせいです……私はそれには、全然関わっていません……」

さらに、一瞬ためらったあと、彼女はこう言った。

「彼には気をつけて下さい……毎日でもあなたに会いたがるでしょう……あなたに少しも息を抜くゆとりを与えないでしょう……そういう男なのです……」

「……しつこく付きまとう？」

「そう、とてもしつこく」

この形容語に、彼女は、その本来の意味よりも不安なニュアンスを込めたようだった。

「あなたについて彼が何を知ったのか、私には分かりません……多分、書類のなかに書かれていた何かでしょう……私はそれを読んでいません……彼はそれをネタに、圧力をかけてくるかもしれません……」

彼女が口にしたこの最後の言葉は、眉唾っぽく聞えた。《それをネタに圧力をかける》ことを彼女に吹き込んだのは、おそらくオットリーニ自身だっただろう。

「自分の本を書くために、彼はあなたの協力を望んでいます……私が彼から聞いたのは、そのことです……」

「それ以外に、何も望んでいないのは確かですか？」

彼女は一瞬ためらった。

「いいえ」

「お金を無心するかもしれない？」

「それもあるかもしれません……賭け事をする人は、お金が必要ですから……ええ、お金を要求するのはたしかでしょう……」

アルカード通りでの出会いのあと、彼らはそのことを示し合わせていたはずだ。かつてシャンタルが、ポールのことを語るときに使っていた表現を借りれば、彼らはきっと——窮地に陥っていた——のだろう。ただし、ポールの方は、いつもマルタンガールによって窮地を脱しようとしていた。

「もうじき彼は、グレジヴォーダン公園の部屋の家賃さえ、払えなくなるでしょう……」

そう、グレジヴォーダン公園の部屋の家賃が、四十五年の間に値上がりしていたのは確実だ。ダラガヌはかつて、部屋の鍵を預かっていた知人のおかげで、こっそりとそこに住んだことがある。部屋のなかには電話機があったが、ダイヤルは本人でなければ回せないように、小さな南京錠で固定してあった。しかしそれでも彼は、いくつかの電話番号につなぐことができた。

「この私も」と彼は言った。「グレジヴォーダン公園に住んでいたのですよ……」

彼女は驚いて相手を見た、あたかも自分と共通する部分を発見したかのように。さらに、今にも彼の口をついて出そうになっていた、かつて自分が住んでいたその部屋に時折やってきた若い女性もシャンタルという名だったということが。しかし、そんなことを口にして何の役に立つのだろう？　彼女が言った。

「それなら、そこはジルが住んでいる部屋かもしれませんね……壁が斜めになった《マンサード》屋根裏部屋……エレベーターに乗って、そのあと小さな階段を登ったところの……」

もちろん、エレベーターは最上階までは行かない――最上階の各部屋は通路に沿って並び、それぞれの扉には、半ば色落ちした部屋番号が示されている。彼の部屋は五号室だった。それをポールの思い出とともに覚えている。ポールはよく《中間的な五の数字あたりにヤマを張るんだ》というふうに、マルタンガールのことを彼に説明していたのである。

「私の友人にも競馬をやり、シャルボニエールのカジノで賭け事をしていた男がいましたよ……」

それらの言葉によって、彼女はほっとしたようだった、そしてかすかな微笑を投げかけた。数十年の隔たりはあっても、彼らは同じ世界の人間だ、と彼女は考えたはずだ。だとしても、どのような世界の？

「それで、あなたは、その夜会のひとつをつとめ終えたところですか？」

この質問をしたことを、彼はすぐに後悔した。しかし見たところ、彼女は自分でほっとしているようだった。

「ええ……あるカップルがちょっと特別な夜会を自分のアパートで開いているのです……ジルは一時期、彼らのところで運転手をしていました……時々、電話で私に来るように言いました……それを望んだのはジルです……私はお金をいただいて……どうしようもなかったのです……」

彼はあえてさえぎることなく、それを聞いた。もしかしたら彼女は、彼に向かって話したつもりはなく、彼がいることを忘れていたのかもしれない。もう、かなり時間が経っているはずだ。朝の五時ごろだろうか？　ほどなく日は昇り、あたりは明るくなる。彼は自分の書斎のなかでひとり、悪い夢を見たあとのように感じるだろう。いや、違う、彼はこのアドレス帳をなくしてはいなかった。ジル・オットリーニも、シャンタルと名乗ったジョゼフィーヌ・グリッペも、実際には存在しなかったのだ。

「今となってはあなたにとっても、ジルから逃れることは非常に難しいでしょう……彼はあなたを離さないでしょう……あなたのお住まいの建物の入口の前で、あなたを待っていることもありえます……」

これは何かを迫っているのだろうか、警告だろうか？ ダラガヌは考えた。夢のなかでは、何をよりどころにすればいいのか、だれにもよく分からない。夢だろうか？ 人は夢を、夜明けのころに見るものだろう。しかし、そこ、目の前の彼女がかかえているのは、幻想のようなものでは全くない。夢のなかでも人の声が聞こえるものなのか、彼には分からなかった。しかし今、彼にはシャンタル・グリッペのかすれた声が、非常によく聞こえていた。

「あなたに忠告させていただきます。もう、彼からの電話に応じないことです……」

彼女は彼に身をかたむけ、ごく低い声で話した。まるで、ジル・オットリーニがドアの後ろにいるのを気にしているかのように。

「私の携帯電話にメールを送ってください……彼がそばにいないときに、あなたに電話をします……彼が何をするつもりか、あなたにお伝えします。そうすれば、あなたは彼を避けられるでしょう……」

たしかにこの女性は、心遣いが行き届いている、しかしダラガヌは、これらのことは自分ひとりで切り抜けられると言いたかった。自分のこれまでの人生で、オットリーニのような人物との出会いは、何度かあった。パリのあちこちに、出口がふたつある建物を数多く知っていた彼は、それらのおかげで人々を振り切ることができたのだ。また、留守を偽装するために、彼はよく自室の明かりを消したままにしていた。通りに面した窓がふたつあったからである。

「ジルが書いたことになっている本を、あなたにお貸ししましたね……『馬をめぐる思い出』という……」

その本のことを彼は忘れていた。オレンジ色の厚紙のファイルから書類のコピーを取り出したとき、その本をそこに入れたままにしていたのだ。

「実際は違うのです……ジルは自分がこの本を書いたと見せかけているのです。本当の著者が彼と同じ名前でしたから……しかし、ファーストネームは違っていました……しかも、その男は亡くなりました……」

ソファーの上の自分のそばに置いていたビニール袋のなかを、彼女は丹念に調べた。そこから黒い繻子《しゅす》のドレスを取り出した、黄色い二羽のツバメの模様が入っている、ダラガヌがシャロンヌ通りの彼女の部屋で目にしたものだった。

「あの人たちのところに、ハイヒールを一足、忘れてきました……」

「そのドレス、見たことがあります」とダラガヌが言った。

「あの人たちのところに夜会に行くたび、彼らは私のこのドレス姿を見たがるのです」

「変わったドレスですね……」

「私の部屋の古いクロゼットのなかにあったのです……後ろにマークがあります」

彼女が広げたドレスのラベルには、次のように書かれていた。《シルヴィ・ローザ／モード注文服店／エステル通り／マルセイユ》

「あなたはそれを、いわば前世に着ていたのかもしれません……」

彼はそれと同じことを、昨日の午後、シャロンヌ通りの部屋でも、彼女に言った。

「そう思います？」

「見た目でそう感じるのです……ラベルが非常に古いものなので……」

今度は彼女自身が、不安そうにそのラベルを見た。そして、ドレスをソファーの上の、自分のそばに置いた。

「ちょっとすみません……すぐに戻ります……」

彼は書斎から出て、台所の明かりをつけたままにしていなかったか確かめに行った。台所の窓は通りに面していた。案の定、明かりがついていた。すぐに消して、窓際に立った。先ほどから、彼はオットリーニが外に立ってこちらを見張っているのではないかという気がしていた。このような考えは、非常に遅い時間によく浮かんでくるものである。かつてきみが子供だったころ、寝つけない時によく思い浮かべては自分を怖がらせた考えだ。外には誰も見当たらない。しかし、相手は噴水の陰に隠れたか、あるいは右手の、公園の樹木の陰に隠れたのかもしれない。

彼は長い間、じっとそこにとどまった。背筋を伸ばし、腕組みをして立っていた。通りには誰も見えなかった。車も全く通らなかった。もし窓を開けたら、噴水の音が聞えただろう。不意に、自分が今いるのはパリではなく、ローマではないかと思った。ローマ、そこから、かつてアニー・アストランが送ってくれた葉書を彼は受け取ったのである。それは彼女が残した、最後の消息だった。

彼が書斎に戻った時、彼女はソファーに横たわっていた、黄色い二羽のツバメの模様が入った風変わりなドレスを着て。彼は一瞬、とまどった。玄関のドアを開けたとき、彼女はすでにこのドレスを着ていただろうか？　いや、違う。彼女の黒いシャツとパンタロンは丸められて、寄せ木張りの床の上、彼女のバレエシューズ風の靴の脇に置かれていた。彼女は目を閉じており、その息遣いはゆったりとしていた。眠っている振りをしているのだろうか？

★

彼女はあくる日の正午ごろ、彼の部屋をあとにした。ダラガヌはいつもどおり、書斎にひとり残った。ジル・オットリーニがすでに帰っているのではないか、と彼女は案じたのだ。シャルボニエールのカジノに出かけたときの彼は、時々、月曜日の早朝のパリ行きの列車に乗ることがあったからである。黒いシャツとパンタロン姿の彼女が遠ざかっていくのを、彼は窓越しに見た。彼女はその時、ビニール袋を持っていなかった。ドレスとともにソファーの上に置き忘れたのだ。ダラガヌは彼女から貰った名刺をしばらく探し回り、ようやく見つけた。黄ばんだ紙の名刺だった。しかし、携帯電話の番号は書かれていなかった。もっとも自分がドレスを忘れたことに気づいたら、彼女はすぐに電話をしてくるだろう。

彼は袋からドレスを取り出し、もう一度、ラベルを見た。《シルヴィ・ローザ／モード注文服店／エステル通り／マルセイユ》。マルセイユの街に行ったことはないのに、そのラベルの文字は彼に何かを呼び起こした。かつてこの住所を目にしたことがあるかのような、あるいはその名前を聞いたことがあるかのような。ずっと若かったころ、うわべは何の変哲もないこのたぐいの謎が何日間か彼の心を占め、ひとつの答えを執拗に探し求めたことがあった。たとえそれが、過去の記憶のほんのひとコマであっても、無くしたジグゾー・パズルの一ピースのように、それを再び埋めることができなければ心が休まらないのだった。無くしたものは、時には作者が誰だったか思い出せないフレーズあるいは詩句、時には単なるひとつの名前のこともあった。《シルヴィ・ローザ／モード注文服店／エステル通り／マルセイユ》。彼は目を閉じ、精神を集中しようとした。ひとつの単語が彼の胸をよぎった。そのラベルと結びついているようにも思える《中国女《ラ・シノワーズ》》であった。《シルヴィ・ローザ》と《ラ・シノワーズ》との関連性を見つけるためには、深い水のなかに身を沈めるような根気が必要だろう。しかし何年か前から、彼はそのようなことに労力を使う気になれなくなっていた。というより、彼は年をとりすぎていた。水面に浮かんだ状態で、成り行きを見ることのほうを好んだ……《ラ・シノワーズ》……その単語を連想させたのは、シャンタル・グリッペの黒髪と、わずかに切れ長の目だろうか？

彼は自分の机に向かっていた。その夜、散らかったページの数々と青鉛筆で削除した部分に、彼女は目を留めなかった。電話機のそばにおいていた厚紙のファイルを彼は開き、なかから本を取り出した。その『馬をめぐる思い出』のページをめくった。初版は戦前に刊行されているが、近年になって再版されたものであった。ジル・オットリーニはどのような大胆さで、あるいは邪気のなさで、この本の著者を偽り続けられたのだろうか？　彼は本を閉じ、目の前の何枚かの紙片に目を移した。最初に通読したときは文字があまりにも過密だったために、読み飛ばしてしまったフレーズがいくつかあった。

再び、単語の群れを目で追った。ほかにも、明らかにアニー・アストランに関係する部分があった。しかし、その内容を把握するには、彼はあまりにも疲れすぎていると感じた。その作業は後ほど、午後にゆっくりすることにした。《書類》を厚紙のファイルに片付けるとき、彼の目が子供の写真の上に止まった。すっかり忘れていたものだった。裏面には次のように書かれていた。《証明写真三枚／身元不明の子供／アストラン、アニーの所持品検査および身柄拘束／ヴァンテイミル〔仏伊国境のイタリア側の町。イタリア名、ヴィンティミーリア〕国境検問所／一九五二年七月二十一日、月曜日》。そうだ、それはまさしく証明写真を引き伸ばしたものだった。昨日の午後、シャロンヌ通りの部屋で見たときもそう思った。

彼の目はその写真に釘付けになった。《書類》の束のなかに、なぜそれを放置していたのだろうと思った。裁判でよく使われる言葉を借りれば、それは、《証拠物件》のひとつのように、彼の立場を危うくする何かだったのか、ダラガヌ自身が自分の記憶から遠ざけようとした何かだったのか？　彼はめまいのようなものを感じ、髪の付け根がひりひりする気がした。この子供、数十年を経て見覚えのない顔になってしまった子供、それが実は自分であったことを、彼ははっきりと認識せざるをえなかった。

ル・トランブレでの日曜日とは別の年の、これも遠い昔のある秋のこと。ダラガヌはグレジヴォーダン公園の部屋で手紙を受け取った。建物の管理人室の前を通りかかったとき、ちょうど届いたばかりの手紙の数々を管理人が仕分けしていたのだ。

「ジャン・ダラガヌさんって、あなたですね」。そう言って差し出されたのは、封筒に青インクで彼の名前が書かれた一通の手紙だった。この住所宛の手紙を、彼はそれまで受け取ったことはなかった。封筒全体にかなり大きな字で書かれたその筆跡に、見覚えはなかった。パリ、グレジヴォーダン公園八番地、ジャン・ダラガヌ様。そこには区が抜け落ちていた。封筒の裏に書かれた差出人の名前と住所はこうなっていた。パリ、アルフレッド・ドゥオダンク通り一八番地、A・アストラン。

しばらくの間、この名前が誰のことか思い浮かばなかった。そのシンプルな《A》はファーストネームの頭文字だろうか？　ややあって、彼は何か胸騒ぎのようなものを感じ、すぐに手紙を開封するのはためらわれた。ヌイイとルヴァロワの境界まで彼は歩いた。パリ環状道路の建設工事が始まる二、三年前のことで、そこにはガレージや小建築物が取り壊されずに残っていた。アストラン。この名前が誰のことか、どうして彼はすぐに分からなかったのだろう？

彼はきびすを返し、立ち並ぶマンションのひとつのカフェに入った。席に着き、ポケットから手紙を取り出してからオレンジジュースを注文し、できればナイフを借りたいと言った。彼はナイフを使って手紙を開封した。もし指で封筒を破れば、裏面の住所のところもちぎれて、読めなくなるかもしれないと案じたからである。封筒のなかには三枚の証明写真だけが入っていた。その三枚は自分と分かる子供だった。かつてサン・ミシェル橋のそば、裁判所の前のブティックで、ある日の午後、スピード証明写真を撮られたことを彼は思い出した。それ以後、彼はしばしばそのブティックの前を通ったが、そのたたずまいは以前と全く変わっていなかった。

オットリーニの《書類》に添えてあった拡大写真と見比べるために、見つけ出さねばならない三枚の証明写真であった。彼が四十年以上前の手紙や書類をぎっしり詰め込んだまま、その鍵をなくしていた鞄のなかから、それらは運よく見つかったということだろうか？　言うまでもあるまい。それらはまさに同じ写真だった。《身元不明の子供／アストラン、アニーの所持品検査および身柄拘束／ヴァンティミル国境検問所／《一九五二年七月二十一日、月曜日》。彼女はまさに国境を越えようとした時に拘束され、所持品検査をされたはずだ。

彼女は小説『夏の暗闇』を読み、そしてそこに書かれているのが、かつての夏の出来事だと気づいたはずだ。そうでなければ、なぜ彼女は十五年も経ってから、彼に手紙を送ったのか？　しかし、彼女はどうやって今の彼の、仮住まいともいえる住所を知ったのだろうか？　彼がグレジヴォーダン公園の部屋に泊まることは滅多にないだけに、なおさら疑問が残る。彼はたいていは、クストゥー通りの部屋とブランシュ広場の辺りで過ごしていたのだ。

彼がその本を書いたのは、彼女からの連絡を期待するという一心からであった。本を書くこと、それは彼にとっては、消息が分からない一部の人たちに向かってヘッドライトでパッシングをすること、あるいはモールス信号を発することなのである。行き当たりばったりのページにその人たちの名前をちりばめ、その人たちがいずれは自分たちの近況を知らせてくれるのを待てばよいのだ。しかし、アニー・アストランに対しては、その名前を文中に用いず、その手がかりを混乱させようとつとめたのだ。彼女は、本のなかのどの登場人物にも、自分の姿を見出せなかったはずだ。小説のなかに、きみのことだと分かる人物像を収めることは、彼には決して容認できなかった。ひとたび小説のなかに忍び込んでしまった人物は、鏡のなかに入り込んだように、永久にきみから離れ去る。その人物は決して実人生に存在しなかった。その人物は無に帰されたのだ……もっと繊細な手法で書かなければならなかった。たとえば、『夏の暗闇』のなかで、アニー・アストランの注意を引く可能性のある唯一のページは、女性と子供がパレ大通りのスピード証明写真のブティックに入る場面だった。彼には分からない。なぜ彼女に証明写真のボックスに入れられたのかが。彼はスクリーンから目を離さないように、頭を動かさないようにと言われる。彼女は黒いカーテンを引く。彼は腰掛けに座る。フラッシュの光で目がくらみ、目を閉じてしまう。彼女がもう一度カーテンを引き、彼はボックスから出る。写真が取り出し口に落ちるのを、ふたりは待つ。しかし、もう一度やり直さなければならない。目を閉じた写真になってしまっているからだ。そのあと、彼女は隣のカフェへ彼を連れていき、グレナディン・シロップを飲ませる。そのように、ことは運んだ。その情景をきっちりと描写した彼は、この一節が小説のそれ以後の部分と呼応しているわけではないことを知っていた。それは彼があたかも真実のように思わせた、現実生活のひとつの断片であり、新聞の小さな尋ね人広告のように、ひとりの人間にしか伝わらない個人的なメッセージだったのである。

その日の夕方になっても、シャンタル・グリッペから一本の電話もないことに彼は驚いた。しかし、彼女は黒いドレスをここに置き忘れたことに気づいているはずだ。彼女の携帯に電話をかけてみたが、相手は出なかった。呼び出し音の後、何の反応もない。ここに至って状況は一変し、その先には何もない絶壁のふちに、きみは立たされたということか。携帯の番号が変わったということはないのか、それともシャンタル・グリッペは携帯電話を無くしたのだろうか、と彼はいぶかしんだ。あるいは彼女はまだ生きているのだろうか、とも。

疫病が一気に伝染するように、ジル・オットリーニに対する疑惑も浮かび上がった。彼はパソコンで《パリ、スウェールッ社》を検索した。しかし、サン・ラザール駅周辺はおろか、パリ市内のどの区にも、スウェールッという名の広告代理店の情報は出てこない。『馬をめぐる思い出』の著者を装っていた男は、ありもしない代理店の、まやかしの社員にすぎなかったのだ。

　オットリーニという人名を、通りの名で検索できるパソコンの《住所別電話帳》で検索してみた。だが、グレジヴォーダン公園のところに登録された八つの電話番号の該当者に、オットリーニという名前はひとつもなかった。しかし、じっさいに黒いドレスが目の前のソファーの背もたれにあるのだから、彼が夢を見ていたわけではないことは確かである。念のために、《シルヴィ・ローザ／モード注文服店／エステル通り／マルセイユ》を検索したが、《仕立て直し《ルトゥシュ》店ローザ／ソヴァージュ通り一八番地／六八一〇〇／ミュルーズ》しか出てこなかった。検索の途中で突然、作動しなくなることが多いこのパソコンを、彼はここ数年ほとんど使わなくなっていた。彼が情報を知りたいと思う数少ない人たちは、この電子機器に手がかりを残さないようにしていたのだろう。その人たちはネット世界につながっていたのかもしれないが、世知にたけた世代の人たちであり、うかつに検索にかけられないように気をつけていたはずだ。彼にとって記憶の少ない父親が、落ち着いた声でこう言っていたのを思い出した。「私は今後、法律上のことで嫌疑をかけられることがあっても、司直からの追及をかわしていく自信がある」。パソコンには、その父親の情報も全く出てこない。前日、シャンタル・グリッペが訪れる前に、彼はトルステルやペラン・ド・ララの名前もキーボードで打ち、検索してみたが、やはりいずれも情報がなかった。ペラン・ド・ララを検索したときには、珍しくもないことが起きた。多数の《ペラン》がパソコン画面に現れた。それらのすべては、とても一晩では閲覧しきれなかった。数多くの無関係の人たちや、同姓の著名人たちは現れたが、彼が本当に消息を知りたいと思っている人たちの情報は把握できなかった。それならば、と直接的な質問をキーボードで入力してみた。「ジャック・ペラン・ド・ララはまだ存命ですか？　もし存命なら、アドレスを教えて下さい」。しかし、パソコンは反応しなかった。マシーンをつなぐ多くの通信回線の先には、はかり知れない人々の混迷や当惑が行きかっているのだという気がした。時には、予想もしないことが起こる。《アストラン》を検索すると、スウェーデン語の結果が出て、この名前の人物の多くはイェーテボリの街に集中しているということだった。

暑さは和らぐことなく、この《インディアン・サマー》はおそらく十一月まで続きそうだ。彼は書斎で日没まで過ごすいつもの習慣を変え、出かけることにした。前夜、あまりに性急に目を通した何枚かのコピーは、あとで帰宅してからルーペを使って判読しようと思った。そうすることでアニー・アストランについてのことがいくらか分かるかもしれない。スピード証明写真のブティックをともに訪れてから十五年後に再会したとき、彼女にただすべきことを、直接尋ねなかったことを彼は悔やんだ。しかし、ほどなく確信した、彼女は決して答えてくれなかっただろうと。

★

外に出ると、それ以前の日々よりも彼は気分がすっきりした。遠い過去にこだわり続けるのは、おそらく間違いだったのだろう。そんなことにこだわって何になろう？　何年も前から、彼は遠い過去については考えなくなっていた。その結果、自分の人生のその時期は、すりガラスを隔てたように、ぼんやり浮かび上がるに過ぎなかった。そのすりガラスはあいまいな光を通していただけで、いろいろな人の顔はおろか、輪郭さえ識別できなかった。すりガラスは、いわば遮蔽幕か。自分からすすんで記憶を捨てることで、彼は過去のしがらみからしっかりと身を守れたのかもしれない。それとも、彼の記憶のなかの強い色合いやとげとげしさは、その時期にはもっと和らいでいたのだろうか。

歩道上で、季節はずれの温かさをパリの街にもたらしているインディアン・サマーの光につつまれて、彼はこのときも周囲の成り行きに身をまかせ、不穏な空気をじっとやり過ごしているような気分になった。このような印象を覚え始めたのは、その前の年からにすぎない。そしてその印象は、自分に忍び寄る老いと結び付いているのではないか、と思った。彼はごく若いとき——徹夜をした後などに——、つかの間、成り行きに身をまかせる半睡状態につつまれることがあるのに気づいていた。しかし、現在のそれは異なっていた。車のエンジンが止まり、ブレーキもきかないまま、坂道を下るような感覚。それは一体いつまで続くのか？

彼は身も軽く、なかば風まかせのように歩道を歩いた。反対方向から来た歩行者が身をよけそこねて彼にぶつかった。彼は謝った。彼が悪いわけではなかった。ふだん路上を歩いていて、遠くに自分に声を掛けてきそうな知り合いを見つけた時には、用心をして、別の歩道に移るようにしていた。だれしも、本当に会いたい人物に巡り会うことは滅多にないということが、彼には分かっていた。あるとしたら、一生に二、三度くらいだろうか？

シャンタル・グリッペにドレスを返すためなら、彼は喜んでシャロンヌ通りまで歩くつもりだが、ジル・オットリーニと鉢合わせをするリスクがあった。しかし、それがどうしたというのだ？　その時こそ、あの男のさまざまな疑惑を暴くチャンスだ。「彼はスウェールツ社を解雇されそうなのです」と言っていたシャンタル・グリッペの言葉が思い出される。しかし、彼女はよく分かっていたはずだ、スウェールツ社というものがもとから存在しないことを。そして、著作権が戦前にさかのぼる本『馬をめぐる思い出』は？　オットリーニはその手書き原稿を、自分のいわば前世に、別のファーストネームを用いてサブリエ社に持ち込んだとでもいうのだろうか？何にしても、その点についてダラガヌは何らかの説明を受けて然るべきであった。

★

彼はパレ・ロワイヤルのアーケードの下に来た。どこへというあてもなく歩いた。しかし自然と、ポン・デ・ザールとルーブル宮殿を横切り、子供のころになじんだ散歩のコースをたどった。ルーブル古美術商街と呼ばれているところに沿って歩き、かつてその場所にルーブル百貨店のクリスマスの飾り窓が並んでいたのを思い出した。やがて自分の散歩の目的地にたどり着いたかのように、ボジョレ小路のなかほどに立ち止まると、もうひとつの記憶がよみがえった。それはあまりに長い間、あまりに深く、光の届かないところに埋もれていたため、新鮮なものに感じられた。それは本当に思い出なのだろうか、それとも、物質中を自由に運動する自由電子のようにその思い出から分離し、過去とはすでに関わりのなくなった一枚のスナップ写真なのだろうか、と彼は思った。次のような記憶である。彼は母親と一緒に、書籍や絵を売っている店に入った――そのように母と一緒に出歩いたことは滅多になかった――、そこで母親はふたりの男と話をした。ひとりは店の奥で机に向かっていて、もうひとりは暖炉の大理石にひじをついていた。ギィ・トルステル。そしてペラン・ド・ララ。彼らは静止画像のように、その状態のままでいた。ずっと後年、秋の日曜日にシャンタルとポールとともにトルステルの運転する車でル・トランブレからパリに戻ったとき、その車の主《ぬし》の名前から、また彼から貰ったその店の住所入りの名刺から、どうして何ひとつ記憶がよみがえらなかったのだろう？

トルステルは車のなかで、子供のころの彼に会ったという《パリの近郊の家》、つまりアニー・アストランの家についても語っていた。彼、ダラガヌはそこでほぼ一年間暮らしていたのだ。その、サン・ルー・ラ・フォレで。トルステルは「私はひとりのお子さんを覚えています」と言っていた。「そのお子さんが、あなただったと思います……」。その相手にダラガヌはそっけなく、その子は自分ではないという態度で応じた。その日曜日、トルステルにグレジヴォーダン公園まで送ってもらった後、『夏の暗闇』を書き始めたのだった。彼はうかつにもあの時、そのサン・ルー・ラ・フォレの家に住んでいた《アニー・アストラン》という女性を覚えていますか、ということを聞きそびれた。さらに、彼女がどうしているか、もしやご存知ではありませんか、と尋ねもしなかったのだ。

　ボジョレ小路のアーケードの近く、日の当たる庭園のベンチに彼は座った。ここ数日来よりもさらに暑くなっていることにも気づかないまま、もう一時間以上歩いたはずだ。トルステル。ペラン・ド・ララ。そうだ、彼がペラン・ド・ララに最後に会ったのは、ル・トランブレでの日曜日の思い出がある年だった——彼はせいぜい二十一歳だった——。その出会いは、もしもアニー・アストランのことが心にかかっていなければ、シャンソンの歌詞にもあるように——冷たい忘却の闇に落ちていただろう――。ある夜、彼はシャンゼリゼの円形交差点《ロン・ポワン》のカフェに入った。十時だった。彼はグレジちなみにそこは、数年後にドラッグストアに改修されたところである。十時だった。彼はグレジヴォーダン公園に向かって歩こうか、それともクストゥー通りに家賃六百フランで借りて間もない部屋に戻ろうかと迷っているところだった。とりあえず、ひと休みしようと思った。

そのとき、目の前のテラスに座っているのがペラン・ド・ララであることに、彼はすぐには気づかなかった。相手はひとりだった。

なぜ、彼はペランに話しかけたのだろうか？　その相手にはもう十年以上会っていない。しかもその男は、おそらく彼を見分けられないだろう。しかし、彼は初めての小説を書いていた時期であり、アニー・アストランのことが心に取り付いて離れない状況だった。もしかしたら、ペラン・ド・ララは彼女について何かを知っているのでは？

彼がテーブルの前にじっと立つと、相手は顔を上げた。やはり、ペランは彼を見分けられなかった。

「ジャン・ダラガヌです」

「あぁ……ジャン……」

ペランは微笑んだ、弱々しい微笑み。あたかもこんな時間、このような場所にひとりでいて、誰かに会うのを鬱陶しく思ったかのように。

「しばらくぶりだね、大きくなった……座って、ジャン……」

そう言って、自分の前の椅子を勧めた。ダラガヌは一瞬ためらった。テラスのガラス戸はわずかに開いていた。彼はよくするように、こう言えばよかった。「ちょっといいですか……すぐ戻ります……」。そして夜風の通る場所に出て、深呼吸をする。そして、カフェのテラスでひとり待ち続けている男を残して、去ることもできたのだ。

ダラガヌは座った。古代ローマの彫像のようなペラン・ド・ララの顔は以前よりもふくらみを増し、髪の巻き毛は灰色がかっていた。その季節としては薄手すぎる、ネイビーブルーの平織りの上着を着ていた。テーブルのグラスには、マルティーニが半分残っていた。ダラガヌには色でそれが分かった。

「で、お母さんは？　もう何年も連絡がありませんが……そう……私たちはきょうだいのようにしていました……」

彼は肩をすくめた。そのまなざしは不安そうな表情を帯びた。

「私は永い間、パリを離れていました……」

見たところ、彼はパリを永く離れていた理由を打ち明けたがっているようであった。しかし、沈黙を続けた。

「それで、あなたはその後、お知り合いのトルステルさんやボブ・ビュナンさんに再会されましたか?」

ダラガヌの口からこのふたりの名前が出たことに、ペラン・ド・ララは驚いたようだった。驚きと、そして警戒心。

「すごい記憶力だね……きみは、あのふたりを覚えているのですか?……」

じっと相手を見るそのまなざしは、ダラガヌに気詰まりを感じさせた。

「いや……あの人たちにはもう会っていません……子供のころの、そんなことまで覚えていたとは驚きです……それできみ、最近変わったことは?」

ダラガヌはその質問のなかに、棘《とげ》があるように感じた。しかし、おそらくそれは思い過ごしだったのだろう、あるいはペラン・ド・ララが、秋の夜の十時にカフェのテラスで、ひとり飲んでいたマルティーニのせいだったのだろうか?

「私は本を書こうとしています……」

なぜ、このようなことを打ち明けたのだろうか、彼は自問した。

「あぁ……きみがミヌゥ・ドルーエを、羨んでいた時のように?」

ダラガヌはその名前を忘れていた。しかし、それはまさしく、かつて詩集『木、友だち』を出版した、彼と同年代の少女の名前だった。

「非常に困難な道です、文学というものは……きみはすでにそのことに気づいているでしょうが……」

ペラン・ド・ララは、気取ったふうに言い、それがダラガヌを驚かせた。彼についての子供のころからの印象や思い出のなかには、この男はむしろ軽薄な人物というイメージがあった。暖炉の大理石にひじをついて寄りかかっていた姿。彼は母親やトルステルと同じく、おそらくボブ・ビュナンも含めて、《クリザリッド・クラブ》に属していたのだろうか?

彼は話を次のようにつないだ。

「それで、ここを長く離れていた後、あなたは結局、パリへ戻ってらしたのですか?」

相手は肩をすくめ、横柄なまなざしをダラガヌに向けた。あたかも相手から失礼なふるまいをされたかのように。

「その《結局》という言葉がどういう意味か、分かりませんが」

ダラガヌにもそれは説明できなかった。彼はただ、会話を盛り上げるために言ったにすぎない。しかしこのタイプの男は、些細なことで腹を立てる……。彼は立ち上がって、相手にこう言いたかった。「ああそれでは、ごきげんよう、ムッシュー……」。そして、テラスのガラス戸から外に出る前に、駅のホームでするように相手に微笑みかけ、手を振って別れの合図をしようかと思った。しかし持ちこたえた。我慢しなければならない。相手はアニー・アストランについて、何か知っているかもしれないのだ。

「あなたから、これを読みなさいと、本をいただいたことがあります……覚えておられますか？」

彼は感動した声を出そうと努めた。過去からよみがえったようなこの人物が、子供のころの彼にうす緑の表紙の《アシェット文庫》の一冊、ラ・フォンテーヌの『寓話』を与えたことはたしかな事実だった。そしてその数年後、同じ相手から、大きくなったら『オオカミ・ファブリッツィオ』を読みなさいと勧められたのだ。

「本当にきみは、たくさんのことを覚えている……」

声の調子は和らぎ、ペラン・ド・ララは彼に微笑みかけた。しかし、いささかこわばった微笑だった。そしてダラガヌのほうに身をかがめた。

「はっきり言って……かつて生活していたパリが、もうよく分かりません……五年離れていただけでそうなりました……どこかよその街にいるような気がします……」

彼は、言葉があれこれ混乱しながら出てくるのを防ぐかのように、口を閉じた。おそらく長いあいだ、人と話したことがなかったのだろう。

「いろんな人たちに電話を掛けてもつながりません……彼らがまだ生きているのか、私を忘れてしまったのか、あるいはもう連絡をとるゆとりもないのか、分かりません……」

少しおだやかな微笑になり、まなざしも少し和らいだ。おそらく、彼は自分の話し言葉の憂鬱感を和らげたかったのだろう。店の明かりが程よい薄暗がりを作り、人気がないテラスとその憂鬱感が微妙に調和していた。

彼はこのような告白をしたことを悔いているように見えた。胸を張って、顔をテラスのガラス戸の方に向けた。顔のむくみと、今ではかつらをつけたように見えるグレーの巻き毛を除けば、彼の、十年前からの彫像のような顔つきは変わらなかった。それはダラガヌが覚えていたジャック・ペラン・ド・ララの数少ないイメージのひとつだった。そして彼にもまた特徴があり、それは相手と話すときにしばしば横を向くことであった、ちょうど、今もそうしているように。彼はかつて、横顔が素敵だと言われていたはずだ。しかし、彼にそう言っていた人々は全て亡くなってしまった。

「この辺りにお住まいなのですか?」とダラガヌは尋ねた。

相手は再び彼に身を傾け、ためらいながら答えた。

「そう遠くはありません……テルヌ地区の小さなホテルに……」

「住所を教えていただけますか……」

「本当にお知りになりたい?」

「はい……またお会いしたいのです」

彼は今、問題の核心に触れようとしていた。それとともに何らかの漠然とした不安をいだいていた。彼は咳払いをして声の出を良くした。

「お尋ねしたいことがあるのです……」

その声はぼそぼそとして、抑揚がなかった。ペラン・ド・ララの顔に驚きの色が浮かぶのに気づいた。

「あなたが多分ご存知の人物について……アニー・アストランという……」

彼はこの名前をしっかりと、そして音節ごとに区切って発音した。電話でわずかな雑音が、きみの声を聞きづらくしそうなときのように。

「もう一度、名前を……」

「アニー・アストラン」

彼はほとんど叫ぶように言った。救助を求める声を上げたように自分には思えた。

「私はサン・ルー・ラ・フォレの家で、彼女と長いあいだ暮らしていました……」

彼が発音し終えた言葉は非常にはっきりしていて、このテラスの静寂のなかで金属性の響きを帯びた。しかし、それは何も役に立たないと彼は考えた。

「ああ……たしかに……我々は一度、そこのきみたちの家を訪ねたことがあります。きみのお母さんと一緒に……」

彼は口を閉じた。それについてもう何も語らないかもしれない。それは遠い過去の、彼とは関係のない思い出でしかなかった。誰かがきみの質問に答えてくれるだろうなどと、決して期待してはならない。

にもかかわらず、彼は言い添えた。

「すごく若い女性……キャバレーのダンサーのような……私よりも、ボブ・ビュナンやトルステル、あるいはきみのお母さんのほうが……彼女をよく知っていましたよ……彼女は刑務所で服役していたはずです……しかし、なぜその女性に関心が？」

「ずいぶん私に、よくしてくれました」

「そうですか……あいにく何も教えられなくて残念です……きみのお母さんとボブ・ビュナンが彼女のことを話しているのを、小耳にはさんだことはありますが……」

彼の話しぶりは上流社会の人間のような色合いを帯びていた。若いころに強い影響を受けただれか、自分もそのようになりたいと思っていた誰かを、彼は模倣しようとしているのではないか。ある夜、鏡の前で真似ようとした、パリの優美さがにじむナイーヴな好青年の身のこなしや話し振りを、彼はここでも模倣したのではないか、とダラガヌは思った。

「きみに言えることはただひとつ、彼女は服役していたということです……その女性に関してそれ以上のことは、私は本当に知りません……」

テラスのネオンが消された。カフェがそろそろ閉まることを、最後のふたりの客に知らせるためだった。薄暗闇のなかで、ペラン・ド・ララは静かになった。ダラガヌはかつての夜、モンパルナスで雨宿りをするために入った映画館のことを思い出した。そこには暖房は入っておらず、まばらな観客たちはオーバーを着たままだった。映画館で彼はしばしば目を閉じていた。映画の音声と音楽は、彼にとっては、映像よりも連想をかき立てるものだった。その夜、映画の終わり間際に聞いた、こもったような声のせりふが思い出された。「きみのところにたどり着くために、何と数奇な道をたどらなければならなかったことか」。それを口に出したのは、自分自身ではないかという幻覚に彼はとらえられた。

誰かが彼の肩を軽く叩いた。

「お客さんがた、そろそろ閉店です……時間です……」

彼らは並木道を横切り、昼間はそこに古切手の出店が軒を連ねる公園を歩いた。ダラガヌはペラン・ド・ララに別れを告げるのをためらった。相手は立ち止まった、あたかもある考えが、突然彼の胸をよぎったかのように。

「彼女がなぜ服役したのかさえ、私は知らないのです……」

彼から差し出された手を、ダラガヌは握った。

「近いうちにまたお会いしたいですね……近いうちでなくても、十年以内に……」

ダラガヌは何と答えていいか分からなかった。そのまま歩道上にとどまり、相手を目で追った。相手は薄手すぎる上着姿で遠ざかった。並木の下を非常にゆっくりと歩いて、マリニィ通りを横切ろうとした時、一陣の風と多量の枯葉とに背中を押され、よろめきそうになった。

自宅に帰った彼は、シャンタル・グリッペかジル・オットリーニが伝言を残していないかと、留守番電話の記録を確かめた。何も入っていなかった。ツバメの模様の黒いドレスは今もソファーの背もたれにかけてあり、オレンジ色の厚紙のファイルは電話機のそばの机の上の同じ場所にあった。彼はそこから書類のコピーを取り出した。

一見して、アニー・アストランについては、たいした記述はなかった。いや、そうは言っても、サン・ルー・ラ・フォレの家の住所が記載されていた。《エルミタージュ通り一五番地》。そのあとに家宅捜索を受けたことを示すメモ。その捜索が行われたのは、アニーがスピード証明写真のブティックに彼を連れて行った年であり、彼女がヴァンティミル国境検問所で所持品を検査された年でもあった。彼女の兄ピエール（ラフェリエール通り六番地、パリ九区）と、彼女の《保護者》と思われるロジェ・ヴァンサン（ニコラ・シュケ通り一二番地、パリ十七区）の名前も記されていた。

サン・ルー・ラ・フォレの家が、ロジェ・ヴァンサン名義であったこともはっきりした。刑事局、麻薬捜査班、身元調査情報局のかなり古い報告書の写しもあった。そしてノートル・ダム・ド・ロレット通り四六番地のホテルに残る、アストラン、アニーの名前に関係する情報も。そこには、《エトワール・クレベール・ホテルの常連》と書かれていた。しかしそれらはすべて雑然としたものだった。あたかも、だれか――オットリーニ？――が大急ぎで保存記録を書き写しながら、言葉の数々を抜かし、いろいろなフレーズを互いに脈絡のないまま、行き当たりばったりに並べたかのように。

もう一度この鬱陶しい文字の大群に没頭することに、本当に意味があるのだろうか？　ダラガヌはそれを目で追い続けながら、それらの紙片の判読を試みた前夜と同じような気分になった。半睡状態のきみの耳に入るフレーズとか、朝になって思い出すいくつかの単語には、何の意味もない。意味があるのは、次のいくつかの正確な住所だけだ。エルミタージュ通り一五番地、ニコラ・シュケ通り一二番地、ノートル・ダム・ド・ロレット通り四六番地。それらはおそらく、水の流れとともに川底の砂も動き続けるような状況の下で、しっかりマークしておくべき目印であろう。

数日後には、彼はこれらのページを破り捨てるだろう。それで彼の気分は、たしかに楽になるはずだ。その時までは、それらを自分の机の上に残すだろう。最後に目を通すことで、アニー・アストランの消息についての、隠れた手がかりを発見できるかもしれない。

かつて彼女から送られてきた封筒を、スピード証明写真ともども、見つけねばならなかった。その封筒を受け取った日、彼は《住所別電話帳》を調べてみた。アルフレッド・ドゥオダンク通り一八番地に、アニー・アストランの名前はなかった。しかも、彼女は電話番号を書きそえていなかったので、彼は手紙を書くしかなかった……しかし、彼女は返事のひとつでもくれただろうか?

今夜は、自分の書斎のなかで、すべてがあまりにも遠いことのように思われた……新しい世紀に入ってからすでに十年が経っている……が、それでも、街角で見知らぬ人とすれ違ったときなど――会話のなかの意外な一言、あるいは音楽のなかのひとつの音にさえ――、アニー・アストランの名前がふと記憶によみがえるのだった。しかし、その記憶は徐々に間遠になり、かすかになり、やがて消えてしまう灯火式信号のようなものかもしれない。

彼女に手紙を書こうか、それとも電報を打とうか、と迷っていた。アルフレッド・ドゥオダンク通り一八番地。《デンワバンゴウ・シリタシ・ジャン》。あるいは当時まだ有効な通信手段だった、気送速達〔パリとその近郊では一九八四年まで、地下の圧縮空気管を使って速達を送っていた〕で送ろうかとも考えた。しかし結局、彼はこの住所を訪ねてみることにしたのだった。突然の訪問を好まない彼、そして路上でだしぬけに話しかけてくる人たちを好まない彼ではあったが。

秋の万聖節の日であった。その午後は日が差していた。《万聖節》という言葉が、彼の心に悲しみの感情をもたらさなかったのは、人生でこの時が初めてだ。ブランシュ広場から地下鉄に乗った。乗り換えは二回。エトワールとトロカデロだ。日曜日と祝祭日は、電車の行き来が間遠だった。いずれにしても、祝祭日でなければアニー・アストランには会えないと思っていた。あれから何年が経っただろう。彼女にスピード証明写真のブティックに連れて行かれた午後の思い出から、十五年が経っていた。彼はパリ・リヨン駅での、ある朝のことを思い出した。彼女とふたりで列車に乗った。夏のバカンス期間の初日とあって、列車は満員だった。

トロカデロ駅で地下鉄を待ちながら、彼は疑問にとらわれた。彼女は今日、パリにいないかもしれない。十五年もたって、自分はもう彼女を見分けられなくなっていまいか。

訪れた通りの突き当たりは、鉄柵だった。その先にラヌラグ公園の木々。歩道沿いに駐車している車は一台もない。静かだった。ここには誰ひとり住んでいないように思われた。一八番地は通りのはずれ、突き当りの右側、その鉄柵と木々の手前だった。白いビル、というよりは三階建ての大きな家。玄関の扉にインターフォン。そのインターフォンの押しボタンのそばに、《ヴァンサン》の姓が示されていた。

そのビルは、通り同様に打ち捨てられているように思えた。彼はボタンを押した。インターフォンからは、何かぱちぱちという雑音と、木の葉の茂みを風がゆするような音が聞えた。彼は身をかがめ、音節を区切って、二回繰り返した。「ジャン・ダラガヌです」と。風の音に半ば消えそうな女性の声が答えた。「二階よ」

ガラスの扉がゆっくり開くと、そこは壁灯に照らされた白壁の大広間だった。彼はエレベーターに乗らず、角状に折れ曲がった階段を上った。踊り場に着いた時、ドアのわずかな隙間から彼女が顔を半分のぞかせた。さらに跳ね板を持ち上げ、相手がよく分からなかったかのように視線を定めた。

「お入りなさい、ジャンくん……」

おずおずとして少しかすれた、十五年前と同じような声。顔立ちも、まなざしも変わらない。髪は以前より長く、肩まで垂らしていた。彼女は今、いくつになったのだろう？　三十六歳？

玄関の間で、彼女は相手を珍しいもののようにじっと見詰めた。彼は何か言うべき言葉を探した。「インターフォンのボタンを押していいのか、迷いました。《ヴァンサン》と書いてあったから……」

「私は今、ヴァンサンというのよ……ファーストネームも変えたの、本当なの……アニェス・ヴァンサンなのよ……」

彼女は彼を隣の部屋に招じ入れた。そこは応接間として使われているはずだが、家具といえば、ソファーがひとつとその脇のフロアスタンドだけだった。ガラス張りの大きな窓の先に見える樹木は、まだたっぷりと葉を残していた。寄せ木張りの床や壁に、日差しが照り返していた。

「座って、ジャンくん……」

彼女はソファーのもうひとつの隅に腰掛けた、彼をよく見るためのように。

「ロジェ・ヴァンサンのこと、覚えてる？」

彼女がこの名前を発音するや、サン・ルー・ラ・フォレの家の前に止まっていた米国製の幌つきオープンカーを、彼はありありと思い出した。その運転席にいた男は背が高く、話し方に微妙なアクセントがあることから、当初はアメリカ人かと思ったものだ。

「私、何年か前に結婚したの、ロジェ・ヴァンサンと……」

彼女は彼を見詰め、気詰まりな微笑を浮かべた。それは彼に、自分の結婚を容認させるためなのだろうか？

「彼はだんだん、パリに寄りつかなくなってるの……あなたに再会できれば彼も喜ぶはずよ……以前に電話で、あなたが本を書いたって、話したの……」

サン・ルー・ラ・フォレで、ある日の午後、ロジェ・ヴァンサンは米国製のオープンカーで学校の校門まで彼を迎えに来てくれたことがあった。車はエンジン音を残さず、エルミタージュ通りをすべるように走った。

「私はまだ、あなたの本を最後まで読んでいないの……でも、スピード証明写真のブティックのことが書かれた部分は、すぐに見つけたわ……実はね、私、小説なんか読んだことがないのよ……」

彼女は申し訳なさそうな様子だった。先ほど彼にロジェ・ヴァンサンとの結婚を知らせた時のように。だが、それでいいのだ。彼女がこの本を《最後まで》読まなくても何の問題もない。今、こうしてふたりはソファーに互いに座っているのだ。

「私がどうやってあなたの住所を知ったのか、疑問に思ったでしょう……私、会ったのよ、あなたを去年、車で家まで送ったという人に……」

彼女は眉を寄せて、その人物の名前を思い出そうとしているようだった。しかし、ダラガヌが先に言った。

「ギィ・トルステル？」

「そう、ギィ・トルステル……」

一度だけきみとめぐり会い、それきりになった人物。しかし今もどこかにいるはずのその人物が、ひそかにきみの人生の重要な役割を演じるのは、なぜなのだろう？　その人物のおかげで、彼はアニーに再会できたのだ。このトルステルに感謝すべきだろう。

「私はその人をすっかり忘れていたわ……この辺りに住んでいるはずよ……彼はこの通りで私に近づいてきて話しかけた……こう言ったの、自分は十五年前、サン・ルー・ラ・フォレのお宅に伺ったことがあります、と……」

去年の秋、競馬場でトルステルに出会ったことで、この人物についての記憶が呼び覚まされたに違いあるまい。トルステルはサン・ルー・ラ・フォレの家について語った。トルステルが「それがパリ近郊のどの辺りのことだったか、もう思い出せないのです」と言い、「そのお子さんが、あなただったと思います」とも言った時、彼、ダラガヌは答えたくなかった。長い間、アニー・アストランについても、サン・ルー・ラ・フォレについても、考えなくなっていた。しかし、彼とのこの出会いは、いくつかの思い出を突然よみがえらせた。それらは自分でも無意識のまま、目覚めさせないようにしていた思い出だった。そして今、目覚めたのだ。それらの思い出は心に染み付いたまま、なかなか消えないものだった。まさにその夜から、彼は自分の小説を書き始めたのだった。

「その人は言ったの、あなたと競馬場で会ったって……」

からかうかのように、彼女は微笑んだ。

「あなたは賭け事なんか、しないでしょう」

「しませんよ、全然」

自分が賭け事師？　彼には全く理解できなかった。なぜカジノで賭けをする人たちが全て静かにじっとして、生ける屍のような顔でテーブルの周りに長い間居座るのかということが。ポールがマルタンガールのことを話すたびに、彼はそれを聞きとおすのに苦労した。

「賭け事の好きな人はね、みんな惨めな末路をたどるものなのよ、ジャンくん」

おそらく彼女は、それを身にしみて知っているのだろう。彼女はサン・ルー・ラ・フォレの家にかなり遅く帰宅することが多かったが、ダラガヌは彼女が帰宅するまで眠りにつけないのだった。彼女の車のタイヤが砂利の上に止まり、聞き覚えのあるエンジンが止まる音を耳にすると、彼は何と安堵したことか。そして廊下を伝う彼女の足音……彼女はパリで深夜の二時まで何をしていたのだろう？　賭け事をしていたのかもしれない。こうした年月が過ぎ、もう自分が子供ではなくなった今、彼女にそれを尋ねてみたいと思った。

「そのトルステルさんが何をしているのか、僕はよく知らなかった……パレ・ロワイヤルで古美術商をしているはずですけど……」

見たところ、彼女はそれにどのように応じるべきか、自分でもよく分からないようだった。彼は相手の気持ちをほぐしたかった。彼女も同じことを思っているはずだった、ふたりの間に、お互いにそれについて語ることのできない影があるかのようだった。

「ところであなたは今、作家?」

彼女は微笑んだが、その微笑が彼には皮肉っぽく思えた。作家、そう。自分が『夏の暗闇』を書いたのは、尋ね人の広告を出すような気持ちだったと、なぜ彼女に告白しないのか? この本は、彼女の目にとまる可能性がわずかだがあった。目にとまれば、彼女は自分の消息を彼に伝えるだろう。これが彼の考えたことだった。それがすべてだった。

日差しは低くなった、しかし彼女はまだ、そばのフロアスタンドを灯さなかった。

「もっと前にあなたに知らせるべきだったけど、私が過した人生は、いささか波乱に富んだものだったのよ……」

彼女はこのように、フランス語文法の複合過去形で言った。あたかも自分の人生が終わったかのように。

「あなたが作家になったからって、私は驚かないわ。小さい時、サン・ルー・ラ・フォレでよく本を読んでいたもの……」

　ダラガヌは、彼女自身の人生について聞きたかったが、どうやら相手はそれを話したくないようだった。彼女はソファーの上で横を向き、口を閉ざした。すると過去のある情景が、十何年も前のことなのに、鮮明なまま彼の記憶によみがえった。ある日の午後、アニーは今のような姿勢で背中をまっすぐにし、横を向いて自分の車の運転席に座った。子供だった彼が、彼女のそばにいた。車はサン・ルー・ラ・フォレの家の扉口の前に止められていた。ほとんど見えないほどの涙がひとすじ、彼女の右の頬を流れ落ちるのに彼は気づいた。それを拭うために、彼女はぶっきらぼうにひじを動かした。そしてエンジンをかけた。何事もなかったかのように。

「去年」とダラガヌは言った。「僕はある人に出会ったんですよ……サン・ルー・ラ・フォレ時代にあなたの知り合いだった人に……」

　振り向いた彼女は、不安げなまなざしを注いだ。

「だれ？」

「ジャック・ペラン・ド・ララという人」

「さぁ、分からないわ……サン・ルー・ラ・フォレにいたころは、いろんな人たちと出会ったから……」

「それから、ボブ・ビュナン。こちらも、覚えてないですか？」

「覚えてないわ。まったく」

彼女は彼に近づき、そのひたいを優しくなでた。

「この頭のなかで、何が起こっているのかしら、ジャンくん？　私を尋問したいの？」

そう言って彼をまじまじと見た。そのまなざしには、相手を責めようという表情は全くなかった。わずかな不安だけがあった。もう一度、彼のひたいを優しくなでた。

「いいこと……私には記憶力がないのよ……」

彼はペラン・ド・ララの言葉を思い出した。「あなたに言えることはただひとつ、彼女は服役していたということです」。もし彼がここでそれを持ち出せば、彼女の驚きははかり知れないだろう。そして肩をすくめて、こう答えるのではないか。「その人は、私を誰か別の人と取り違えているのよ」。あるいは、「それであなたは、その人の言うことを真に受けたの、ジャンくん？」。多分、こうした彼女の言葉に、いつわりはなかっただろう。だれしも、自分を煩わせる記憶、悲しすぎる記憶を忘れることで幕引きにするものなのだろう。深い水の上では目を閉じて身を浮かせ、じっと危険をやり過ごすだけでいい、ゆったりと流れに身をまかせているだけでいいのだ。いや、それは必ずしも自分の意思で忘れようとするのだとは限らない。じっさい、このように彼に説明した医師がいた。グレジヴォーダン公園のそばの建物のカフェで、彼はその医師との会話に興じたのだった。その医師はそれだけでなく、自分の小さな本に献辞を書いて彼に贈ってくれたのだった。プレス・ユニヴェルシテール・ド・フランス社の『忘却』だった。

「私がなぜあなたを、スピード証明写真を撮りに連れて行ったか、説明してほしい？」

彼女は意図的にこの主題に取りかかったわけではない、とダラガヌは感じた。とはいえ、夜のとばりが降りて、応接間のなかの薄暗がりが打ち明け話をしやすくしたようだった。

「すごく単純な理由……あなたが両親と離れていたとき、私はあなたを連れてイタリアに行こうとしたのよ……そのためにはあなたの旅券が必要だった……」

何年ものあいだ持ち歩いていた、黄色い厚紙にワックスがけをした鞄のなかには、学校のノート、成績表、子供のころ貰った絵葉書、そして当時読んだ『木、友だち』『神秘の貨物船』『首のない馬』『千一夜物語』などの本が入っていたが、そこにネイビーブルーの旅券も数冊あり、そのなかに彼の名前と証明写真の入った古い旅券もおそらくまぎれていたのだろう。しかし彼は一度もその鞄を開かなかった。それには鍵がかかっていて、その鍵を彼はなくしてしまったのだ。おそらく、それで旅券も不明のままだったのだ。

「だけどその後、私はあなたをイタリアに連れて行けなくなった……私はフランスにとどまらなければならなかった……私たちはしばらく、コート・ダジュールで過ごした……あなたはそれから、自分の家《うち》に帰ったのよ……」

がらんとした家に取り残された彼を迎えに来た父親とふたりで、列車でパリに戻ったのだ。彼女のいう《自分の家》は、正確にはどこをさしていたのだろう？　いかに思い出そうとしても、一般的な《自分の家》という言葉がさす居場所の思い出は、彼の記憶のなかにまったくなかった。朝早く、列車はパリ・リヨン駅に着いた。その後、長く、果てしのない寄宿学校の年月が始まったのだ。

「あなたの本でその一節を読んでから、私は自分のいろんな書類のなかを探したわ。そして証明写真を見つけたのよ……」

こうした出来事に関わる、もうひとつの《もの》の存在をダラガヌが知るまでに、四十年以上がかかったわけだ。それは、ヴァンティミルの国境検問所の所持品検査でひっかかった《身元不明の子供》の証明写真である。「私がこの女性について知っていることのすべては」と、ペラン・ド・ララは彼に言っていた、「彼女が服役していたということです」と。だとすれば、検査時に押収された所持品とともに、証明写真も彼女の出所時に返されたはずである。しかし、そのソファーの上、彼女のそばで、ダラガヌはまだその《もの》について何も知らされなかったのだ。身近な人が長いあいだきみに隠していた昔のある出来事を、ずっと後になって知らされるということは、まあある。その人は本当にそれを、きみに隠していたのだろうか？　あるいはそれを忘れていたのだろうか。いや、むしろ時が経つとともに、それについて考えなくなった。あるいは、ごく単純に、話す機会がなかっただけなのかもしれない。

「ふたりでイタリアに行けなかったのは残念でしたね」とダラガヌは、大いに愉快そうに言った。

彼女が打ち明け話をしたがっているように彼は感じたのだ。しかし、彼女は軽く首を左右に振った。あたかも、よからぬ考え——もしくは嫌な思い出を振り払おうとしているかのように。

「それで、あなたはグレジヴォーダン公園に住んでいるの？」

「いいえ。僕は別の地区で部屋を借りてます」

彼は知人からグレジヴォーダン公園の部屋の鍵を預っていた。その部屋の本来の住人はパリにいなかったので、彼はときどきそこで寝泊りした。ふたつの異なる場所に住み分けられることで、彼は心にゆとりを持てた。

「ブランシュ広場の近くに部屋を……」

「ブランシュに？」

この言葉は、彼女になじみの風景を呼び起こしたようだった。

「いつか、私をその部屋に案内してくれる？」

あたりはかなり暗くなっていたので、彼女はフロアスタンドの明かりを点けた。ふたりはそれぞれ、光が作る輪のなかほどにいた。応接間全体は暗がりのなかにあった。

「私はブランシュ広場の辺りはよく知っていたわ……兄のピエールを、あなたは覚えている？……彼のガレージがあそこにあったの」

褐色の髪の若い男。彼は何度か、サン・ルー・ラ・フォレの家の小部屋で眠っていた。廊下の突き当たりの左側、窓が井戸のある中庭に面した小部屋だった。彼のカナディアン・ジャケットと、愛車《キャトル・シュヴォー》をダラガヌは覚えていた。ある日曜日、このアニーの兄――このところずっと、彼はそのファーストネームを忘れていた――が、彼をメドラノ・サーカスに連れて行ってくれた。そのあと、一緒にキャトル・シュヴォーでサン・ルー・ラ・フォレに帰ったのである。

「ここに住み始めてから、私はピエールに会ってないの……」

「ちょっと変わった場所ですね」とダラガヌは言った。

そして彼はガラス窓の方に頭を向けた――黒い大きな闇が広がり、その後ろの木々の葉の茂みはすでに見分けられなくなっていた。

「ここは地の果てなのよ、ジャンくん。そう感じない？」

彼は先ほど、この通りの静けさと、この通りを袋小路にしている突き当たりの鉄柵に驚いたのだった。夜のとばりが下りると、ビルが森のはずれにあるかのように感じられた。

「戦時中から、この家を借りていたのはロジェ・ヴァンサン……この家は政府に供出されていたの。ここに住んでいた人たちはフランスを退去しなければならなくなった……そうなの、ロジェ・ヴァンサンがもとで、問題がすべてこじれたままになっているの……」

彼女はその人物のことを、短く《ロジェ》とは呼ばず、《ロジェ・ヴァンサン》と呼んだ。ダラガヌも子供時代、その彼に、「こんにちは、ロジェ・ヴァンサンさん」と挨拶した。

「私はここに住みつづけることはできないと思うわ……この家は大使館の関係者に貸し出されるか、解体されるかするはず……この家に住んでいると、ときどき怖くなることがあるわ……一階と三階には誰も住んでいないの……しかも、ロジェ・ヴァンサンがここに来ることはほとんどないのよ」

彼女は現在のことを語りたがり、ダラガヌはその内容をよく理解した。自分が子供時代にサン・ルー・ラ・フォレで知っていた女性と、目の前の女性とは、同じ人なのだろうかといぶかしんだ。そして自分は、この自分は誰だったのか？　証明写真を拡大したものを四十年後に手にしたとき、写っている子供が自分自身であることが、彼にはすでに分からなかったのである。

★

そのあと彼女はこころよく、近くまで彼を夕食に連れ出した。ふたりはラ・ミュエット通りのカフェレストランに入り、ホールの奥の席に向かい合って座った。

「サン・ルー・ラ・フォレで、ふたりで何度かレストランに行ったことを、僕は覚えていますよ」とダラガヌは言った。

本のポイントサービスは読者，消費者にとって，本当に利益になるのでしょうか？

最近は商品を買うとポイントがついてくるところが多くなりました。貯まればあとで使えてちょっと得をした気分になったりもします。もう少しで500円分となると，すぐには必要でないようなものでも，思わず買ってしまったりしてしまいます。なかには，同じ店ですぐに使えるところもあります。でも私たちは本のポイントサービスには反対なのです。読者・消費者のそんなささやかな楽しみにも反対なんて，どういうことなの？　と言われそうですが，本については反対なのです。それはなぜか？　私たちはこんな風に考えています。

＊

Q　本や雑誌は，どうして定価販売なのですか？

A　同じものなら，東京でも札幌でも沖縄でも同じ定価。他の商品の場合は，安売りがあったり，いろいろな価格がついていたりしますから，おかしく思われるのもわかります。
実は本や雑誌などは，出版社が書店などに対し定価販売をさせること，つまり値引き販売をさせないことが独占禁止法（独禁法）の例外として許されているからです。再販売価格維持制度（再販制度）と呼ばれるこの制度は，メーカーが小売価格を決定・拘束できるため，縦のカルテルと呼ばれ，本来は消費者の利益にならないことが多いので，自由経済では原則違法とされています。しかし，文化的な配慮などから著作物についてだけは例外的に認められています。公正取引委員会が認めている著作物には，本と雑誌の他に，新聞・レコード盤・音楽用テープ・音楽用ＣＤがあります。出版社は取次店（問屋）を通じて書店と再販売価格維持契約を結んで，定価販売を行っています。

Q　どういう理由で許されているのですか？

A　書籍・雑誌・新聞などの著作物は一国の学問，芸術，文化の普及ないしその水準の

維持に欠かせないもので，多種多様な著作物が全国的に広範に普及される必要があり，それらは均等に享受されるべきであり，離島・山間・僻地などを理由に価格差があったりしてはならないと考えられています。再販制度は，文化的，公共的，教育的に大きな意味をもつ，著作物の広範な普及を実現していくのに適しているとされ，独禁法制定以前からこのような商慣習があったこともあり，例外的に許されているわけです。この再販制度により国民は，全国どこでも同じ値段で知識や文化を享受することが可能となり，民主社会の公正・公平な発展に役立つと考えられています。

Q　再販制度によって本の値段を出版社が決められるのだとすると，本の値段が高くなっているということはないのですか？

A　そう思われる方もいると思いますが，本は，物価の優等生といわれるほど他の商品に比べとても安いのです。2012年現在，新刊書籍の平均定価は2,278円で，1996年の2,609円に比べて13％減，消費税を含めると16％減です（『出版年鑑　2013年版』「新刊書籍30年間対比部門別平均定価」）。同じ年で公共料金をみますと，郵便はがきが41円から50円（＋21％），新幹線（東京→大阪）が13,480円から14,050円（＋4.2％），都バスが160円から200円（＋25％）〔ちなみに，『朝日新聞』購読料（1カ月分）が2,800円から3,925円（＋40％）〕に値上がりしています。本はまさにデフレ価格なのです。

本という媒体は，文学作品など人間の知的創造物を伝達するものであり，価格は著者の印税や印刷製本費用などの生産費に一定のマージンを加えて算出されています。小説や論文そのものに値付けをしているわけではありません。読者に人気の文学作品などをみれば，人気があるものほど定価が安くなる傾向があります。

Q　ポイントカードはせいぜい３％から５％くらいなのだから，読者サービスとして許される範囲なのではありませんか？

A　1998年ころ，東京の神田駅近くに進出した全国チェーンの書店が当時もっとも値引き率の高い５％のポイントカードを始めました。近くの小さな書店さんたちも対抗上，やむなくポイントカードを始めました。どうなったかといいますと，小さな書店さんは続けられなくなってお店を閉めてしまいました。その後，その大きな書店も撤退してしまい，地域の読者にとってはとても不便な結果となりました。もともと書店のマージンはとても少なく，とくに小さな書店さんほど不利なのです。

Q　ポイントサービスに出版業界が反対しているのはわかったけど，公正取引委員会はどう考えているのですか？

A　公正取引委員会は，ポイントサービスは値引きにあたると判断しています。しかしポイントサービスによる値引きが再販契約に違反するかどうかは，出版社が判断し，契約当事者間で解決すべき，としています（大脇雅子参議院議員の質問主意書に対する小泉純一郎首相の答弁書，2001（平成13）年7月31日付)。しかし，お楽しみ程度といえる1％程度のポイントサービスについてまで，再販契約に違反する値引きだとして出版社が止めさせようとするのは，消費者利益に反するので問題だとしています。

長期の出版不況のなかで一般の書店は，0.2～0.3％程度の営業利益しかなく（「2012年書店経営指標」＝日販調べ)，街の小さな書店になるほど営業利益はマイナス（赤字）（売上5,000万円未満だと2％の赤字＝トーハン調べ）です。1％のポイントサービスすらできないのが現状です。ポイントサービスを実施している全国チェーンの書店でも，ほとんどは1％です。

Q　アマゾンのポイントサービスをなぜ問題にするのですか？

A　アマゾンの「Amazon Student プログラム」は，対象を学生に限定していますが，そのポイントは10％という高率です。これがすべての読者に拡大すると他の書店への影響は決定的になります。すでに書店間のポイントサービス合戦を誘発しつつあります。出版不況で書店数も減り続け，ピークの2000年12月の2万3776店から倒産廃業が続き約4割減少し，2013年5月には1万4241店となっています。いくつもの有名全国チェーンが経営危機に陥り，印刷資本や取次店の傘下に入っているくらいです。

アマゾンは，一般の書店，ネット書店のなかでトップの売上高をあげていることは確実で，その影響は大きなものがあり，10％のポイントサービスが日本の書店に壊滅的影響を与えるのは必至です。

アマゾンには，トップ企業としての社会的責任を自覚して，再販契約のルール，業界ルールを守ってもらいたいと思います。

Q　自由競争なのだから，強いところが勝つのは当たり前なのではありませんか？

A　業界紙によると最近，紀伊國屋書店の社長や，大手出版社などが加盟する日本書籍出版協会が，「アマゾンは消費税も法人税も払っていない。一般の書店は両方支払ってい

る。これでは不公平で，競争にならない」と問題にしています。競争はあくまで公平で公正なルールのなかで行われるべきではないでしょうか？

Q　ポイントサービスが広まることによって，読者の損になることが何かあるのですか？　読者としては本が安く手に入るに越したことはないように思いますが……

A　ポイントサービスが広まると，書店が値引きの経済的負担を出版社に求めるようになるのは必至です。それらの負担分が価格に転嫁され，本の値段が上がってしまいます。これでは，読者＝消費者の利益にならないと思います。

しかも，ポイントサービスによる値引きが蔓延すると，定価販売＝再販制度が事実上不要ということになってしまいます。定価販売がなくなれば，当然，値引きされることを前提に表示価格（カバープライス）は高く設定されることになると考えるのが自然です。

価格の問題にとどまらず，「売れない」専門書などは市場原理で値段を叩かれるなどの事態が起こり，ますます出版がしにくくなり，出版文化の要ともいえる出版物の多様性が失われて，知識や文化の伝播機能が低下してしまう恐れがあります。現在でも，新古書店やネット書店でのユーズド本の流通，図書館貸し出しの増大，不正コピーの横行など複合的な要因による出版不況の長期化で，出版社はピークの 1997 年の 4,612 社から 2013 年には 3,676 社へと，２割が消えてなくなりました。ここに再販制度の崩壊が加われば，出版社数はさらに減少するでしょう。これでは，わが国の出版文化を支えてきた本の多様性を守ることは困難になります。

目先のポイントによる値引きをとるか，全国同一の安定した価格と出版物の多様性をとるか，本当はどちらが得なのでしょうか？　私たちはもちろん，後者こそが本来の「読者利益」であると思うのです。

＊

私たち一般社団法人日本出版者協議会は，再販制度を守るためにポイントサービスに反対しています。また自分たちの発行する本はポイントサービスの対象から外すよう求めています。ぜひご理解ください。

（2014 年 11 月）

一般社団法人　日本出版者協議会
東京都文京区本郷 3-31-1 盛和ビル 40B
tel.03-6279-7103 ／ fax.03-6279-7104

「それは確か？」

「シャレ・ド・レルミタージュというレストランにね」

その名前は子供時代の彼の記憶に残っていた。通りの名前がついていたからだ。

彼女は肩をすくめた。

「変ね……私は子供を連れてレストランに行ったことは一度もないはずだけど……」

彼女はきっぱりとした調子で言い、それがダラガヌを驚かせた。

「それで、その後もずっと、サン・ルー・ラ・フォレの家に住んでたのですか？」

「いいえ……ロジェ・ヴァンサンが売り払ったわ……そうなの、あの家はロジェ・ヴァンサンの持ち家だったのよ」

彼はずっと、そこはアニー・アストランの家だと信じていた。当時の頭のなかでは、彼女のファーストネームと姓が一緒になって、《アニアストラン》とつながっていた。

「僕はあそこで、一年ほど暮らしていたのかな、違います？」

彼はさほど知りたくもないことを聞いた。あたかも、彼女が答えないかもしれないのを見越したかのように。

「そう……一年……いいえ、分からない……お母さんはあなたに田舎の空気を吸わせたかったみたいだったわ……私には、お母さんがあなたと離れたがってたらしたように思えたの……」

「そんなこと、どうして分かったのですか？」

「あぁ……人づてに……あのころ、私は実にいろんな人と会っていたわ……」

ダラガヌは、サン・ルー・ラ・フォレのその時代の重要なことについては、彼女は話してくれないだろうという気がした。自分についての彼女の思い出に期待すべきではなく、あやふやな部分だらけの、しかもわずかな思い出で満足すべきであろう。彼女がこれまでに、子供を連れてレストランに行ったことなど一度もない、と今しがた言ったことから考えても。

「ごめんなさい、ジャンくん……過去のことはもうほとんど考えないのよ……」

彼女は一瞬ためらい、そして続けた。

「あの当時、私にはすごく大変な時期があったの……あなたはコレットのことを覚えている？」

そのファーストネームは、壁面をさっとよぎる光の反射のように、彼のなかのかすかな思い出を呼び覚ました、

「コレット……コレット・ローラン……サン・ルー・ラ・フォレの僕の部屋に、彼女の肖像画があって……画家たちのモデルにもなってましたよ……青春時代のあこがれの人でね……」

ふたつの窓の間に掛けられていたその絵を、彼はよく覚えていた。テーブルにひじをつき、あごを手のひらに乗せた少女。

「彼女はパリのあるホテルで殺されたのよ……犯人はいまだに分からない……彼女はよく、サ

ン・ルー・ラ・フォレに来ていたの……」

　アニーがパリから深夜二時ごろに帰って、廊下で笑いさざめく声を、彼はたびたび耳にした。そのとき、彼女がひとりでなかったことは明らかだった。次いで部屋のドアが閉められ、ひそひそ話が壁越しに聞えた。ある朝、アニーはこのコレット・ローランを、彼とともにパリへ送っていった。運転席のアニーの隣に彼女が座り、彼は後部座席にひとりで座った。彼らは一緒に、古切手の市が開かれているシャンゼリゼ公園を散策した。とある陳列台の前に立ち止まり、コレット・ローランは彼にひと組の古切手を買ってくれた。エジプト王の肖像をさまざまな色で描き分けたものだった。その日から、彼は古切手を収集するようになった。それらを透き通った紙の帯のうしろに、順々に並べて入れたアルバム。そのアルバムは多分、ワックスがけをした厚紙の鞄のなかにしまわれていたのだろう。その鞄を彼は十年の間、開いたことがなかった。決して手放せないものだったが、その鍵をなくしたことで、彼は気持ちが楽になっていた。

　別のある日、彼らは、コレット・ローランを連れて、モンモランシー〔サン・ルー・ラ・フォレの北に位置する郡〕の森の向こう側の村に行った。小さなお城のような建物の前に、アニーは車を止めた。そこは彼女とコレット・ローランが友達になった寄宿学校だ、とアニーは説明した。女性校長に案内され、彼も一緒に寄宿学校のなかを見て回った。どの教室も大寝室もがらんとしていて、人気がなかった。

「それで、あなたはコレットのことを覚えていないの？」

「覚えてます……もちろん」とダラガヌは答えた。「あなたたちは寄宿学校で友達になったんでしょう」

彼女は驚いて相手を見た。

「どうしてそんなことを知ってるの？」

「ある日の午後、あなたたちの昔の寄宿学校に連れて行ってくれたじゃないですか」

「それは確か？　私はそんなこと、ぜんぜん覚えていないわ」

「モンモランシーの森の向こう側でした」

「コレットと一緒に、あなたをあそこに連れて行ったことなんて一度もないわ……」

彼は反論しようとは思わなかった。もしかしたら、かつてあの医師から献辞を添えて贈られた本のなかに、こうしたことの説明を見つけられるかもしれない。忘却についての、白い表紙のあの小さな本のなかに。

★

ふたりはラヌラグ公園沿いの散歩道を歩いた。夜と木々のせいで、そして自分と腕を組むアニーがいるせいで、ダラガヌはかつてのように彼女とモンモランシーの森を散歩をしているような気分になった。彼女は森のなかの交差点に車を止め、一緒にフォソンブロヌの池まで歩いたものだ。彼はその交差点の名前を覚えていた。シェーヌ・オ・ムーシュの交差点。ラ・ポワントの交差点。それらの名前のひとつは彼を暗い気持ちにした。ブルボン王家の傍系のひとつ、コンデ家の当主の悲劇と関わっていたからだ。アニーが彼の入学手続きをし、四時半になると彼をよく迎えに来てくれた小学校。そこで女性教師から教わった話であった。サン・ルーの城の自室で首をつった状態で発見され、その死の真相がいまだに不明のままの当主を、教師は《コンデ家最後のプリンス》と呼んでいた。

「何を考えているの、ジャンくん？」

彼女は彼の肩に頭を持たせかけた。ダラガヌは小学校のことや、森のなかの散歩のこと、《コンデ家最後のプリンス》のことを、と言いたかった。しかし、彼女からこう言われるのではないかと不安になった。「いいえ……あなたは変よ……私はそんなこと、ぜんぜん覚えていないわ」と。彼もまた、これまでの過ぎ去った十五年の間に、すべてを忘れることで幕引きにしていた。

「そのうち、あなたの部屋に私を案内してくれないといけないわ……あなたと一緒に、ブランシュ広場の辺りに行ってみたいの……」

おそらく彼女は、列車で南仏に出発する前に、その界隈で自分たちが過ごした短い日々を覚えているのだろう。しかし、そのことも彼はあえて尋ねなかった。

「あなたが僕の部屋を見たら狭すぎると思うんじゃないかな……」とダラガヌは言った。「暖房もないですし……」

「そんなことはどうってことないわ……あなたは知らないでしょうけど、私はずっと若いとき、兄とその界隈で暮らしていたことがあるの。冬は凍えそうなほど寒かったわ」

その思い出は、少なくとも彼女にとっては悲しいものではなかった。彼女が笑い声を上げたからだ。

ふたりは並木道のはずれに着いた、ポルト・ド・ラ・ミュエットは目と鼻の先だった。秋の香り、葉っぱや濡れた地面の香りは、ブローニュの森から漂っているのではないかと彼は思った。あるいは、モンモランシーの森から、時空を越えて漂っているのではないかとも。

★

ふたりは回り道をして、彼女のいう《住居《ドミシル》》にもどった。その呼び方には彼女の皮肉な気分が込められていた。ふたりで歩くうちに、彼は何かしら心地よい記憶喪失に伝染しているような気がした。やがてそれは、この得体の知れない女性といつから連れ添っているのだろう、という思いに変わった。もしかしたら、その公園の並木道か、建ち並ぶなじみのないビルのひとつの前で、彼女と出会ったばかりなのかもしれない。そしてもし、彼が偶然ひとすじの光に気づいたなら、それは最上階の窓際からのものだろう。誰かがそこで消し忘れたたまま、長いあいだ留守にしている、そんなランプの光だったのかもしれない。

彼女は彼の腕を握りしめた。そばに彼がいることを確かめたかったかのように。

「私は今も、自分のうちに歩いて帰るのが怖いの、こんな時間にはね……自分が今いるのがどこなのか、正確には分からなくて……」

そして実際、ふたりして歩いていたのは国境の《無人地帯》、というより、どこからも干渉されない中立地帯であることは確かだった。

「想像してみて、タバコを一箱買わなきゃいけないとか、深夜営業のドラッグストアを見つけなきゃいけない時のことを……ここではすごく難儀なのよ……」

再び彼女は笑い声を上げた。その笑い声とふたりの足音は、周辺の通りに響いた。その通りのひとつは、歴史に埋もれた作家の名前がつけられていた。

彼女は外套のポケットから鍵の束を取り出し、入口の扉に合うものが見つかるまで、そのうちのいくつかを鍵穴に差し込んでいた。

「ジャン……上までいっしょに来てくれる……？　幽霊が怖いの……」

ふたりは黒と白の床張りの入口のなかにいた。二重の扉を、彼女は開いた。

「一階を見てもらってもいいかしら？」

　空っぽの部屋のひと連なり。明るい色の木材の壁と、ガラスの大きな窓。壁に組み入れられた壁灯から、ちょうど天井の真下に白い光が射していた。

「ここは応接間、食堂、そして図書室だったはずよ……ひところ、ロジェ・ヴァンサンがここに商品を保管していたの……」

　彼女は再び扉を閉め、彼の腕を取って階段まで連れて行った。

「三階を見てみたい？」

　彼女は再び扉を開け、点灯すると、ここでも天井の真下の壁灯から光が射した。一階と同じように、がらんとした小部屋があった。彼女はヒビの入った窓ガラスのひとつを引き開けた。庭の木々よりも高く、広いテラスが張り出していた。

「ここはむかし、住人のトレーニング部屋だったの……戦前にここに住んでいた人の……」

　ダラガヌは床のくぼみに目をやった。コルク質のような床だった。壁には小型のダンベルを支える棚つきの木製家具が固定されていた。

「ここには幽霊がいっぱいいるのよ……私はまだひとりで来たことがないの……」

　二階の扉の前で、彼女は彼の肩に手を置いた。

「ジャン……今夜、いっしょにいてくれる？」

応接間として使われている部屋に、彼女は彼を案内した。明かりはつけなかった。ソファーの上で身をかがめ、彼女は彼の耳元でささやいた。

「私がここを出なければいけなくなったら、ブランシュ広場のあなたの部屋に住まわせてくれる？」

彼女は彼の額をなでた。そして低い声のまま、言った。

「私たち、以前はお互いに知らない者同士だったということにしてね。簡単でしょ……」

確かにそれは簡単だった。彼女は自分のファーストネームを変え、姓さえも変えたというのだから。

夜の十一時ごろ、書斎で電話が鳴った。しかし彼は受話器をとらず、相手から留守番電話にメッセージが入るのを待った。最初のうちは自然だった息づかいが少しずつぎくしゃくした感じになり、そして遠くから、女のものか男のものか分からないような声が入った。うめき声。そして息づかいが繰り返され、ふたつの声が混ざりあい、言葉が聞き取れないようなひそひそ話になった。彼はとうとう留守番電話をオフにし、電話の接続コードを外した。誰だったのだろう？　シャンタル・グリッペ？　ジル・オットリーニ？　あるいはその両方？

彼は結局、夜の静寂を利用して、これが最後のつもりで、《書類》をすみずみまで読み直すことにした。しかし、目を通し始めるやいなや、気分が悪くなった。ひとかたまりのフレーズがもつれ合い、そこへほかのフレーズがいきなり現れて、前のフレーズにかぶさる、そして判読するゆとりを与えずに消えてしまうのである。彼が目にしたのは、文字の上に新たに文字を書いた二重写本《パリンプセスト》のようなもので、そこでは相次ぐ書法がすべて二重写しに混ざり合い、顕微鏡で見る細菌のようにせわしなく動いていた。疲れからそう感じるのだと思い、彼は目を閉じた。

再び目を開いた時、たまたまギィ・トルステルの名前が出ている『夏の暗闇』の一節のコピーが目に入った。スピード証明写真のブティックでのエピソード――彼の人生での実話――の記述のほかには、このデビュー作についての思い出は何もなかった。もっとも、冒頭の二〇ページ分だけは記憶に残っているが、その部分は後になって削除した。削除する前は、それらを本の第一章にするつもりだった。その章の表題は、「サン・ルー・ラ・フォレ再訪」にしようと思っていた。それらの二〇ページの原稿は、厚紙のケースか古い鞄のなかにまだ眠っているのだろうか？それとも、自分でそれらを破棄したのだろうか？　彼にはもう分からない。

それらを書く前に、十五年ぶりにもう一度だけサン・ルー・ラ・フォレに行きたい、と彼は思ったのだった。それは巡礼のような訪問ではなく、むしろその本の冒頭を書くために現地で取材するという目的があった。しかし、その本が出版されてから何カ月か後、アニー・アストランに会った夕方、その「サン・ルー・ラ・フォレ再訪」のことを彼女には話さなかった。彼女が肩をすくめて、こう言うのではないかという気がしたのだ。「あら、どういう風の吹き回し、ジャンくん、あそこに帰ったなんて……」

彼がその目的地に向かうために、ポルト・ダニエールから長距離バスに乗ったのは、競馬場でトルステルに会ってから数日後の午後だった。当時すでに、郊外は一変していた。それはアニー・アストランがパリから車で戻ったのと同じルートだったのだろうか？　長距離バスはエルモン駅のそばの、鉄道の線路の下を通過した。すると彼は今、四十年以上前の古い道のりを、夢のなかでたどっているのではないかと思った。その過去をたどることを題材にして小説の一章を書いたということが、脳裏にこのような錯覚をもたらしたのだろう。彼はかつてのように、サン・ルーの大通りを歩き、噴水のある広場を横切った……黄色っぽい霧がたちこめ、森に来たのではないかと彼は思った。エルミタージュ通りのほとんどの家はアニー・アストランと過ごした時代にはまだ建っておらず、当時は通りの両側に木々が立ち並び、それらの枝葉がアーチ型天井《ヴォールト》をなしていたはずだ。ここは本当にサン・ルー・ラ・フォレなのか？　彼は通りに面したあの家の周辺や、アニーがよく車を止めていた大きな車寄せ《ポーチ》を覚えているつもりだった。しかし、目の前の情景は過去のものとはかけ離れていて、囲いの壁はすでになく、コンクリートの建物がそれに代わっていたのだ。

鉄柵に囲まれた出窓のある平屋建ての家が正面にあり、その外壁はツタに覆われていた。鉄柵には、「医学博士ルイ・ヴーシュトラット」という銅製の表札がある。ある朝、小学校よりも遠くのこの医師の診療所へ、アニーに連れて行ってもらったことや、ある夕方、病気だった彼のためにこの医師が家まで往診に来てくれたことを彼は覚えていた。

その通りのなかほどで一瞬ためらったのち、彼は心を決めた。小さな庭園に向かって柵を押し開き、階段状の小道を上った。呼び鈴を押して待った。門が少し開き、背の高い男性が現れた。短く刈った白髪頭、青い目。医師は訪問者を覚えていなかった。

「ヴーシュトラット先生ですね？」

相手は驚いた身振りをした、あたかも、ダラガヌに眠りを覚まされたかのように。

「今日は診察日ではありません」

「いいえ、ただ、あなたとお話をしたいのですが」

「どのようなことについてですか、ムッシュー？」

その質問に警戒心はまったくなかった。愛想のよい表情で、声の響きには相手を落ち着かせるものがあった。

「私はサン・ルー・ラ・フォレについて、本を書いています……あなたに少しお尋ねしたいことがあります」

ダラガヌは怖気づいたあまり、このフレーズをどもりながら発音した。相手はそれを微笑みながら受け止めた。

「どうぞお入りください」

医師は暖炉の火が燃えている応接間に彼を案内し、出窓のそばの肘掛け椅子を勧めた。自分はその近くの、よく似た肘掛け椅子にすわった。スコットランド織物で覆われた椅子だった。

「それで、どなたの勧めで私に会いに来られたのですか?」

あまりに低く穏やかな声だった。この人物が刑事なら、かなり狡猾で頑固な犯罪者でも、ごく短時間に罪を自白するだろう。そんなことをダラガヌは想像した。

「通りがかりに、お宅の表札が見えました。それで、お医者さんなら診療をしておられる土地のことをよくご存知だろう、と思いました……」

面倒なことを、明快に話そうと彼は努めた。そして、頭にありのままに浮かんでいた《村《ヴィラージュ》》という言葉を使わず、《土地《アンドロワ》》という無難な言葉を用いた。たしかに、サン・ルー・ラ・フォレはもはや、彼の子供時代の村ではなかった。

「あなたは目の付け所がいいですね。私はここで二十五年前から診療しています」

彼は立ち上がり、飾り棚に向かった。その上にリキュールの箱があるのをダラガヌは見つけた。

「何かお飲みになりますか? 少し、ポートワインでも?」

彼はダラガヌにグラスを差し出し、スコットランド織物の肘掛け椅子に戻った。

「で、あなたはサン・ルーについての本をお書きになる? いいことです……」

「ええ……ブックレットです……イル・ド・フランスのさまざまな地方についてのシリーズの一

冊になるはずです……」

このヴーシュトラット医師に信頼感を与えようと、彼は別の名目を探した。

「ひとつの章を使って、たとえばコンデ家の最後の当主の謎の死について書きたいですね」

「私どもの小さな村の歴史をよくご存知ですね」

そして、ヴーシュトラット医師は十五年前に、向かいの家の彼の部屋で聴診した時のように、彼に青い目を注ぎ、微笑んだ。その時の彼はインフルエンザだったのだろうか、それとも子供特有の、複雑な名の病気にかかっていたのだろうか？

「実は私がほしいのは、歴史とは関わりのない情報なのです」とダラガヌは言った。「ひところ噂になったような話、たとえば、村の一部の人々に関する……」

最後までつまずかないで、この長いフレーズを言い切れたことに彼は自ら驚いた。

ヴーシュトラット医師は、物思いにふけったように見えた。その目は暖炉のなかでゆっくりと燃える薪に注がれた。

「サン・ルーには、芸術に関わる人たちがいました」。首を上下に振りながら、記憶をよみがえらせるように彼は言った。「ピアニストのワンダ・ランドフスカ……、詩人のオリヴィエ・ラロンド……」

「それらの名前を控えさせていただいてもいいですか？」とダラガヌは言った。

彼は上着のポケットからボールペンと、黒い模造皮革の手帳を取り出した。本を書き始めてから常に持ち歩いていたもので、思いついたフレーズの一端や、小説の表題になりそうな言葉などを記していた。そこに大文字で《ワンダ・ランドフスカ、オリヴィエ・ラランド》と丹念に書いた。ヴーシュトラット医師に、研究熱心なところを見せたかった。

「情報をいただいて有難うございます」

「そのうち、ほかの名前も思い出せるでしょう……」

「ご親切に感謝します」とダラガヌは言った。「ところで、サン・ルー・ラ・フォレで起こった、ある事件について覚えてはおられないでしょうか？」

「事件？」

一見、ヴーシュトラット医師はこの言葉に驚いたようだった。

「凶悪事件ではありません、もちろん……そうではなく、このあたりで起こりそうな、何か好ましくない出来事……私はある家のことを聞きました、あなたのお宅のすぐ前の、あそこにはいかがわしい人たちが住んでいたという……」

まさに彼が想定していたよりも早く、問題の核心に入った。

ヴーシュトラット医師は、再び青い目を向けた。その目になんらかの警戒心が浮かんだように、ダラガヌは感じた。

「すぐ前の、どの家ですか？」

自分の聞き方が不信感を招いたのではないか、と彼は思った。しかし、なぜ？　自分がサン・ルー・ラ・フォレについてのブックレットを書こうとする思慮深い青年には見えなかったということだろうか？

「少し右手の家です……大きな車寄せ《ポーチ》のある……」

「《療養所《マラドルリー》》のことですか？」

ダラガヌが忘れていたその名前は、彼の胸をちくりと刺した。一瞬、その家のポーチの下を通り過ぎたような気がした。

「ええ、そうです……《マラドルリー》……」。そしてその五音節を発音しながら、突然めまいのようなもの、というより恐怖を覚えた。あたかも《マラドルリー》が彼にとって悪夢とつながっていたかのように。

「《マラドルリー》のことを、誰から聞いたのですか？」

この唐突な問いに、彼は不意打ちを食わされた。ヴーシュトラット医師には真実を話したほうが良かったのかもしれない。だが、もう遅すぎた。先ほど玄関の階段で、こう言うべきだった。「あなたは私を治療してくださいました。かなり昔、私が子供のころに」と。しかし、彼はもとから自分の素性を偽って、別人のふりをするつもりでいたのだ。その時の子供が、今の自分とは無関係の人間のような気がしていた。

「エルミタージュ・レストランの店主からです……」

彼はともかくも、相手の注意の矛先をそらすためにそう言った。しかし、その店は今もまだあるのだろうか、彼の記憶違いなどではなく、たしかにもともとあったのだろうか？

「あぁ、そう……エルミタージュ・レストランの……もうそうした名前ではないと思います、今は……あなたはサン・ルーをかなり前からご存知なのですか？」

ダラガヌは目がくらむような気がした。人生の流れを変えるような告白を今にもしそうな時、きみをとらえる目のくらみである。その流れの変わり目となるような斜面の頂点では、小型ソリに乗ったように滑るままにしていればよかった。ちなみに《マラドルリー》の広大な庭園の奥には、まさに一台の小型ソリが、おそらくかつての地主たちによって置かれてあり、その手すりは錆びついていた。

「いいえ。サン・ルー・ラ・フォレに来たのは、初めてです」

外は夜のとばりが下りていた。ヴーシュトラット医師は立ち上がってランプを点《とも》し、暖炉の火の勢いを強めた。

「もう冬ですね……先ほどからかなり霧がでているでしょう？……火を焚いたのは正しかった……」

彼は肘掛け椅子に座り、ダラガヌのほうに身を傾けた。

「あなたが訪ねてくださったのが、今日で良かったですね……今日は休診日です……それから、私は往診の回数を減らしているということも言っておくべきでしょう……」

《往診》という言葉をこの人物が使ったのは、相手を記憶していたことをほのめかす意図からだろうか？　しかし十五年の間に、ルイ・ヴーシュトラット医師はおびただしい数の往診をこなしたほか、自宅の廊下の奥の診察室の小部屋でも無数の予約診療を行ってきたはずだ。すべての患者の顔など、覚えられるはずがない。しかも、とダラガヌは考えた。何をよりどころに、そのときの子供と現在の自分が似通っていると言えるのだろうか？

「実際、《マラドルリー》にはいかがわしい人々が住んでいました……しかし、こんなことをお話しして、本当にあなたの役に立つのでしょうか？」

どう受け止めるべきか分からない医師のこの言葉が、ダラガヌには言外の意味を含んでいるように思えた。たとえば、ラジオ放送で送信がもつれ、ふたつの音声が重なったときのように。彼はこう聞かれた気がした。「なぜ十五年も経ってから、あなたはサン・ルーに戻ってきたのですか？」

「あの家は、まるで悪運にとり付かれているようでした……名前のせいかもしれません……」

「名前？」

ヴーシュトラット医師は微笑んだ。

「あなたは《マラドルリー》が何を意味するか、ご存知ですか？」

「もちろん」とダラガヌは答えた。

実は、彼はそれを知らなかった。しかしそのことをヴーシュトラット医師に白状するのが気恥ずかしかったのだ。

「戦前は、そこに私のような医師がひとり住んでいましたが、サン・ルーを離れました……そのあと私がここにやってきたときには、リュシアン・フューラーとかという人物がそこに住むようになっていました……パリで風俗系の店が入居している建物を所有していました……何かあわただしい雰囲気がありました……その時からでした、あの家にいかがわしい人々が出入りするようになったのは……五〇年代の終わりごろまでだったでしょうか……」

医師の言葉を、ダラガヌはそのまま順を追って手帳に書き付けていった。まるで自分の出生の秘密、記憶になかった幼少の日々を、医師から明かされているかのようだった。しかし、明らかになりきらない幼少の日々の断片もあった。並木の枝葉のヴォールトに覆われた通り、何かの香り、きみにとっては懐かしい名前だが、すでに誰のことか分からない、ある人の名前、小型ソリ。

「やがて、そのリュシアン・フューラーはいつのまにかいなくなりました。あの家はヴァンサンという方に買い取られました……私の記憶違いでなければ、ロジェ・ヴァンサン……彼はいつも、米国製の幌つきオープンカーを通りに止めていました……」

十五年経った今、ダラガヌはその車が何色だったか、はっきりとは覚えていなかった。ベージュ？　たしかに、そうだった。赤い革張りの座席。ヴーシュトラット医師はそれがオープンカーであることを覚えていた。さらに彼の記憶を頼りに、ダラガヌはそれがベージュだったことを確認できたに違いない。しかし自分がその質問をすることで、相手の警戒心を招くかもしれないと彼は案じた。

「そのロジェ・ヴァンサンという方の職業を、私は正確には知りません……多分、リュシアン・フューラーという方と同じような仕事だったのでしょう……四十歳前後の方で、パリから定期的にいらしていました……」

当時、ロジェ・ヴァンサンは一度もその家で寝泊りしたことはなかったはずだ、とダラガヌは思った。彼は日中、サン・ルー・ラ・フォレで過ごし、夕食を済ませて帰っていった。ダラガヌが床についていると、車が走り出す音が聞えた。エンジン音はアニーの車のものではなかった。一気に強まり、一気に弱くなる音だった。

「彼はアメリカ人とのハーフだとか、米国に長く住んでいたとかという噂でした……アメリカ人らしい雰囲気がありましたね……長身で……スポーティーな風采で……私はある日、彼を診察したことがあります……手首を脱臼していたと思います……」

ダラガヌはそれについては全く記憶がなかった。ロジェ・ヴァンサンが手首に包帯を巻くか、ギプスをしているのを見ていたら、彼の印象に強く残っているはずだ。

「若い女性と子供も、住んでいました……女性はその子の母親の年齢ではなかった……年の離れた姉だったと思います……もしかしたら、ロジェ・ヴァンサンという方の娘だったかもしれません……」

ロジェ・ヴァンサンの娘？　ありえない、その考えは彼の心をかすめもしなかった。ロジェ・ヴァンサンとアニーとの正確な関係を、彼は気にかけたことはなかった。子供というものは決してそんなことを気にかけたりはしないはずだ、と彼はよく思った。人はよく、かつては謎でなかった事柄をかなり年が経ってから解明しようとする。古代言語の消えかかった文字を、そのアルファベットも分からないまま解読したがるように。

「その家は、何か落ち着かない雰囲気でした……時折、真夜中にやってくる人たちもいました……」

ダラガヌは当時、よく眠気を催した――子供にありがちな眠気である――、アニーの帰宅を待ちわびている時はそうではなかった。夜中に彼は頻繁に、車のドアの閉まる音と人々のざわめきを聞いたが、すぐに再び眠りについた。のみならず、広大なその家にはいくつかの棟があり、物音を立てたのが誰だったか分からずじまいだった。朝、家を出て登校するとき、何台かの車がポーチの前に駐車していた。彼の部屋があった棟のなかに、廊下をはさんでアニーの部屋があった。

「出入りしていたのは、どのような人たちだったと思われますか？」と彼はヴーシュトラット医師に尋ねた。

「あの家が家宅捜索をうけたことがあるのですが、彼らはすべて雲隠れしました……私も事情聴取されました。一番近くに住んでいましたから……どうやら、ロジェ・ヴァンサンは《コンビナティー》と呼ばれていた事件の巻き添えになったようでした……その事件のことは何かで読んだはずですが、どういう事件だったのか分かりません……申し上げておきますが、私は世間でおこる事件などに興味を持ったことは一度もありません」

ダラガヌはそのことについて、本当にヴーシュトラット医師以上に詳しく知りたかったのだろうか？　閉ざされたドアの下から漏れる、だれかがなかにいることをほのめかすかすかな一筋の光。けれども彼は、そのドアを開けて、部屋のなか、あるいは戸棚のなかに誰がいるのかを知ろうとは思わない。ある言い回しが、すぐに心に浮かんだ。「押入れのなかの死体〔「知られたくない」「秘密がある」の意〕」。そうだ、この《コンビナティー》という言葉に何が隠されているのかを、彼は知りたくないのだ。子供のころから、似通ったいやな夢を何度も見た。目が覚めた時に、とりあえずひとつの危機から逃れたような、大きな安堵感を覚える。それから、いやな夢の内容が少しずつ明らかになる。過去に非常に遠い場所で起きた、何か重大な出来事。彼はその共犯者か目撃者のどちらかだった。

何人かが逮捕された。彼については、身元が確認できなかった。しかし、それらの《犯人たち》との関係が明らかになりしだい、自分にも取り調べが及ぶという怖れを抱きながら生きた。もっとも、彼は質問に答えられなかっただろう。

「それで、子供をつれたその若い女性は？」と彼はヴーシュトラット医師に尋ねた。

医師が次のように答えたとき、彼は驚いた。「女性はかなり年の離れた姉だったと思います」。

彼の人生の影の部分は消え去ろうとし、見通しが良くなったといえるかもしれない。うわべだけの両親の記憶はほとんどなく、どうやら彼から離れたがっていたらしい。そしてサン・ルー・ラ・フォレのその家……そこで自分がどう過ごしていたかを、彼は何度か疑問に思ったものだ。日をおかず、彼は調査にのめり込むことになる。まず、彼はアニー・アストランの出生証明書を入手する。そして自分の、つまりダラガヌ自身の出生証明書も求める。しかし、タイプライターで印字された複写では満足できず、すべてが手書きされた原簿を確認する。彼の出生について記された何行かに、訂正、加筆、消されかけた痕跡のある名前をいくつか発見することになるだろう。

「《マラドルリー》で、彼女はよくその子供とふたりだけでいました……家宅捜索のあと、私は彼女のことについても聞かれました……捜査官たちによると、彼女は《アクロバットのダンサー》だったそうです……」

彼はその二語を、言いにくそうに発音した。

「あとにも先にも、このことを人に話すのはこれが初めてです……私以外、だれもサン・ルーのことを本当はよく知らない……私は最も近くに住む隣人でした……しかし、彼らとは全く関わりがなかったことはご理解ください……」

彼はダラガヌに、思わせぶりな様子で微笑みかけた。そしてダラガヌも、この白髪を短く刈った軍人のような風采の、しかもきわめて純粋な青い目の男が、――男の言葉を借りれば――彼らの最も近くに住む隣人だったということに微笑した。

「サン・ルーについてのブックレットのために、こうしたことすべてが役立つとは思いません……もしかしたら、さらに正確なデータは警察の記録保管所で探さねばならない……しかし、本当にそうするだけの価値があるとお考えですか？」

この質問はダラガヌを驚かせた。ヴーシュトラット医師は、話し相手が誰かということをはっきりと見抜いたのだろうか？《本当にそうするだけの価値があるとお考えですか？》彼はそれを温和に、父親が諭すような口調で、あるいは家族が助言するような口調で言った――それはきみを子供時代から知っている誰かの助言のようだった。

「いいえ。しかし」とダラガヌは言った。「それは、サン・ルー・ラ・フォレについての手ごろなブックレットには使えるでしょう。そうでなくても、小説の題材にはなりそうですね」

まさに逃れられない方向に、彼はずるずると引きずられていった。自分がここを訪問した本当の理由をヴーシュトラット医師に告白すべきだった。こう言うこともできただろう。「先生、診察してください、診察室に行きましょう。かつての我々のように……今も診察室は廊下の奥ですか？」と。

「小説？　それならすべての登場人物を知る必要がありますね。あの家には多くの人々が出入りしていました……私に事情聴取した捜査官たちは参考人のリストをもって、それぞれの人物について尋ねてきました……しかし、私はその人たちを全く知らなかった……」

ダラガヌは、その参考人のリストを手に入れたいと強く思った。そこにはおそらく、アニーの消息を知る手がかりがあるだろう。しかし年月とともに、それらの人々はすべて、姓も名も、そして顔も変わり、自然に風化しているだろう。アニー自身、もうアニーという名前ではないはずだ、たとえ生きているとしても。

「それで、子供は？」とダラガヌは尋ねた。「あなたは、その子供の消息をご存知ですか？」

「全く。彼がどうなったか、しょっちゅう気にかけているのですが……それにしても、何という奇妙な人生の始まりでしょうね……」

「その子供は確か、ある小学校に入学したはず……」

「ええ、フォレの小学校、ブーヴロン通りの。彼がインフルエンザで休むことになり、証明書を書いた記憶があります」

「それなら、フォレの小学校に行けば、彼の消息が分かるかも知れない……」

「無理です、あいにく。フォレの小学校は二年前に取り壊されました。ほんの小さな建物でした、実際……」

その校庭、その石炭殻の地面、植木。日が照った午後の樹木の葉の緑と、石炭殻の黒との対比をダラガヌは思い出した。目を閉じなくても、その記憶はよみがえった。

「学校はもうありませんが、お尋ねの家に案内することはできます……」

彼はまたしても、ヴーシュトラット医師が自分の正体を見抜いたのかと思った。いや、それはありえなかった。今の自分とかつてのその子供に、似通ったところはない。その子供とはかかわりがない。アニーやロジェ・ヴァンサン、そして夜中に車でやって来た人物たち、参考人のリストに載った人物たち――いわば沈没船とともに消えた人間たち――とともに、その子供とも、自分はもうかかわりを断ったのだ。

「私は、あの家の予備の鍵を預かっています……患者さんのなかで、見てみたいという人のために……あそこは売り家になっているのです……しかし、買いたいという客はなかなかいないのです。ご案内しましょうか？」

「またの機会に」

ヴーシュトラット医師はがっかりしたようだった。しかし実際には、自分をもてなして雑談できたことで満足だったのだろう、とダラガヌは考えた。ふだん、このような休診日のいつ果てるとも知れない午後の時間には、彼は独りのはずだ。

「本当に？　全く見たくないのですか？　サン・ルーで最も古い家のひとつですよ……名前が示すように、あの家は古い《マラドルリー》の敷地に建てられたのです……それはあなたのブックレットに、役に立つかもしれません……」

「また別の日に」とダラガヌは言った。「必ずおうかがいします」

彼にはその家に入る勇気がなかった。それがいつまでも懐かしく、時おり夢にも現れるところであってほしい、と彼は思っていた。しかしその建物は、たたずまいは同じでも、近づきがたい雰囲気に包まれているようだ。そう思わせるのは、時にはヴェールを通した薄い光か、時にはまぶしすぎる光か？　きみはその夢のなかで、かつてきみが愛し、しかしもうこの世にはいないと分かっている人たちとすれ違うのだ。かりにきみが言葉をかけても、その声は彼らには届かない。

「家具などはすべて十五年前のままですか？」

「もう家具はありません」とヴーシュトラット医師が言った。「部屋はすべて、何も備わっていません。庭はまさに手付かずの森です」

アニーの部屋、廊下の向かい側、そこから彼は夜遅く、夢うつつの状態で人の話し声や笑い声を聞いたのだった。彼女はコレット・ローランと一緒だった。しかし、話し声や笑い声のなかには、日中に出会ったことのないひとりの男のそれが、よく混じっていた。その男はかなり朝早く、学校の始まる時間よりも前にいなくなったはずだ。彼にとって、とうとう正体不明のままだったひとりの男。そのほかにもうひとつ、さらに正確な思い出がよみがえってきた。それはだれしも子供のころに、意味が分からないまま無意識に覚え、すべて暗唱できたシャンソンの歌詞のような思い出であった。かつての彼の部屋のふたつの窓は、当時は木々が立ち並び、日陰をつくっていた通りに面していた。彼のベッドの真向かいの白い壁には、花や果実、木の葉などが描かれた多色刷り版画が掛けられ、その下には大文字で次のように書かれていた。「ベラドンヌ・エ・ジュスキアーム」。かなり後になってから、それらが有毒植物であることを知った。しかしその時、まずやってみたかったのは、それらの文字を読み取ることであった。「ベラドンヌ」と「ジュスキアーム」、これはまさに、彼が初めて読めたふたつの単語だった。もう一枚の版画がふたつの窓の間に掛かっていた。一匹の黒い雄牛、頭部を傾け、物悲しいまなざしを向けていた。この版画には、次の文言が添えてあった。「トーロー・デ・ポルデル・デュ・オルシュタイン」。それは、「ベラドンヌ・エ・ジュスキアーム」よりも小さな文字で、しかも読むのがさらに難しかった。しかし数日たって、彼は読めるようになった。そしてアニーから貰った便箋に、それらの単語を書き写しもした。

「その時、捜査官たちは家宅捜索で何も発見できなかった、と考えていいわけですね？」

「分かりません。捜査官たちは数日間滞在して、家のなかをくまなく探していました。何者かが、何かを隠していたはずです……」

「それで、当時の新聞にその家宅捜索の記事はでなかったのですか？」

「でなかったですね」

このとき、ひとつの空想上の計画がダラガヌの頭に浮かんだ。ほんの二、三ページしか書いていない本の著作権収入によって、その家を買うのである。そして必要な道具を選ぶ。ねじ回し、ハンマー、脚立、やっとこ《プライヤー》。それから日々、建物の内部を独自に入念に調べていくのである。応接間と各部屋の板張を少しずつはがし、鏡を砕く。彼らが隠したものを見つけるために。彼は秘密の階段や、隠し扉の探索にも乗り出すだろう。自分が失ったもの、それについて誰にも口外できないような何かを再発見することで、すっきりと見切りをつけるのだ。

「あなたは長距離バスでいらしたのでしょう？」とヴーシュトラット医師が尋ねた。

「そうです」

医師は自分の腕時計を見た。

「私はあいにく、あなたを車でパリまでお送りすることはできません。ポルト・ダニエール行きの最終バスは二十分後に出ます」

外に出て、ふたりはエルミタージュ通りに沿って歩いた。かつての庭園の囲いの壁に代わって造られた、コンクリートの長い建物の前を彼らは通った。しかしダラガヌは、消滅した壁を思い起こしたくはなかった。

「霧が深いですね」と医師が言った。「もう、冬ですね……」

そのあと、ふたりは互いに黙して歩いた。背筋をまっすぐに伸ばした医師の姿は、昔の騎兵隊の士官のようであった。ダラガヌは子供時代、こんな夜の時間にサン・ルー・ラ・フォレの通りを歩いた思い出はなかった。ただ一度だけ、クリスマスにアニーが深夜のミサに連れて行ってくれたことがあった。

長距離バスはエンジンをかけて待機していた。見たところ、彼のほかに乗客はいないようだった。

「今日の午後ずっと、あなたとお話ができて非常に嬉しかったです」と医師は手を差しのべながら言った。「そして、サン・ルーについて、あなたのすばらしい本が出るのを心待ちにしています」

バスに乗り込もうとしたとき、医師は彼の腕を持って引き止めた。

「私は、少し考えてみました……我々が話し合った、ああいういかがわしい人たちや、《マラドルリー》のことを……参考人として最も期待できるのは、あそこに住んでいた子供かもしれません……その子供を見つけ出すべきです……そう思いませんか？」

「それは非常に難しいでしょうね、先生」

彼はバスの一番奥の席に座り、後部の窓ガラス越しに相手を見た。ヴーシュトラット医師は、もとの場所でじっとしていた。おそらく最初の曲がり角で、バスが見えなくなるのを待っているようだった。彼は手を振って別れの合図をした。

書斎のなかで外していた電話と留守番電話の接続コードを、シャンタル・グリッペから連絡があるかもしれないという思いから、彼はつなぎ直すことにした。しかし、オットリーニがシャルボニエールのカジノから帰ってくれば、おそらく彼女から離れないだろう。ツバメの模様の入った黒いドレスを、彼女は取りに来るはずだ。それは今もそこ、ソファーの背もたれの上に掛けられている。まるできみから離れたがらず、きみの人生につきまとう付属物のようだ。それはたとえば、彼が青春時代に乗っていたものの、数年後に処分したはずの青いフォルクスワーゲンのようなものだ。処分したにもかかわらず、引越しをするたびに、自分の住まいの前にそれが止まっているのを彼は目にするのだった——しかも、その現象は長いあいだ尾を引いた。その車を彼は気に入り、どこへ行くにもそれを使っていた。しかし、彼はキーをなくした。そんなことがあってから、いつの日か愛車は消息を絶った。おそらくポルト・ディタリーの先の、どこかの廃車置場のなかだっただろう。それは南仏に向かう高速道路の起点となる場所だった。

彼はデビュー作の第一章、「サン・ルー・ラ・フォレ再訪」の原稿を探し出したいと思った。しかし、探しても無駄だっただろう。その夜、となりのビルの中庭のシデの枝葉を見詰めているうちに、自分はすでにその章の原稿を破棄したはずだと思った。そうに違いない。

彼は第二章「ブランシュ広場」も削除した。それは、「サン・ルー・ラ・フォレ再訪」の勢いに乗じて書いたものだった。最初の作品から、このように出だしが気に入らなくて書き直すということを、苦々しい気分で彼は繰り返していたのだ。しかし不思議なことに、彼がこのデビュー小説のなかで内容を覚えていたのは、削除したこれらふたつの章だけだった。それらは他のすべての章を支える基礎杭の役目、というより、その小説が仕上がると取り除かれる、建設現場の足場の役目を果たしたのだった。

クストゥー通り一一番地の古いホテルの一室で、二〇ページに及ぶ「ブランシュ広場」を彼は書いていた。十五年の時を経て、彼がもう一度このモンマルトルの丘のふもとに居場所を見つけたのは、アニーの思い出からだった。そこはまさに、ふたりがサン・ルー・ラ・フォレを離れた直後に腰を落ち着けた場所だった。彼女とともに慣れ親しんだ土地に住むことで、自分がよりたやすく一冊の本を書けるだろうと考えたのである。

そのとき以来、街の外観は変わっていたはずだが、彼はそれにほとんど気づかなかった。四十年後の二十一世紀のある日の午後、タクシーでたまたまその辺りを通りがかった。車は交通渋滞に巻き込まれ、クリシー大通りとクストゥー通りの角で止まってしまった。数分間、彼の頭は空っぽになった。あたかも記憶喪失に陥り、自分の住む街のなかですでに異邦人になったかのようだった。しかし彼にとって、それは全く問題ではなかった。時の流れとともに、建ち並ぶビルの外壁と十字路は、彼の内面で心象風景になっていた。しかし、目の前にあるのは無表情でのっぺりとした、いわば剥製にされたようなパリの姿であった。少し先の右側に、クストゥー通りのガレージの案内板が見えたような気がした。彼は心を躍らせて、運転手にそこで止めてくれるように頼んだ。四十年の時を経て、自分の昔の部屋に入るためだった。

四十年前。彼の住んでいた部屋のすぐ上の階では、ホテルの古い部屋をワンルームのステュディオに改修する工事が始められていた。壁を叩くハンマーの音に邪魔されずに自分の本の原稿を書くには、ピュジジェ通りのカフェに身を寄せなければならなかった。そこはクストゥー通りにも面した角地だったため、彼の部屋の窓が見えた。

ある日の午後、アエロという名のその店にはだれも客がいなかった。壁の板張りの明るさ、格《ごう》間《ま》天井、これまた明るい木製の外壁に、アラビア建築由来の張出し格子で覆われた窓の彩色ガラス。それらはカフェというより、バーの趣をかもしていた。四十歳くらいの黒褐色の髪の男がカウンターの奥で新聞を読んでいた。そのうち、男はたまたま小階段を伝って姿を消した。最初、ダラガヌは勘定を払うために男を呼んだが、現れなかった。その後、店員がいないときによくするように、彼はテーブルの上に五フラン紙幣を置いて店を出た。

その男が彼に言葉をかけてきたのは、何日かたってからだった。それまで男はわざと彼を無視しているようだった。ダラガヌがコーヒーを注文しても、そのたびに、相手はそ知らぬ風だった。やがて男が、エスプレッソ用コーヒーメーカーを始動させるのを見て、ダラガヌは驚くのだった。男は彼に目もくれず、テーブルにコーヒーカップを置きに来た。ダラガヌの方でも、気にしてほしくないかのようにホールの奥に座っていた。

ある日の午後、手書き原稿のあるページの手直しを終えたとき、彼は低い声を聞いた。

「それで、ひと区切りつきましたか？」

彼は顔を上げた。視線の先、カウンターの奥で、男が微笑みかけていた。

「味気ない時間にこられますね……午後になると、ここは砂漠ですよ」

男はずっと薄笑いを浮かべたまま、彼のテーブルまで歩いてきた。

「ここ、よろしいですか？」

男は椅子を引き、彼の目の前に座った。

「何をお書きになってるんですか、一体？」

ダラガヌは答えに迷った。

「推理小説です」

相手はどんよりとした片目を彼に注ぎながら、うなずいてみせた。

「この近くのビルに住んでいるのですが、改修工事をしていて、音がうるさくて仕事ができないのでね」

「古いピュジェ・ホテル？　ガレージの前の、ですか？」

「そう」とダラガヌは答えた。「それであなたは、ここに永くお住まいなのですか？」

彼は自分のことを語りたくないために、会話をそらす習慣があった。ひとつの質問に別の質問で応えるのが、彼の流儀だった。

「私はずっとこの辺りに住んでいますよ。以前はホテルを経営していました。この少し先、ラフエリエール通りで……」

このラフエリエールという言葉が、彼の心を揺さぶった。彼がアニーとともにサン・ルー・ラ・フォレを離れ、この界隈に来たとき、ふたりでラフエリエール通りのひと部屋で暮らしたのだった。彼女は時々部屋に戻らないことがあったので、予備の鍵をくれた。「ひとりで散歩に出ても、道に迷わないでね」。彼がポケットに入れていた四つ折の紙片に、彼女は次のように書いてくれた。大きな字で、「ラフェリエール通り六番地」と。

「その通りには、私の知り合いの女性が住んでいました」。ダラガヌは抑揚のない声で言った。

「アニー・アストランという」

男は驚いたふうに彼を見た。

「それなら、あなたがすごくお若いときのはずですね。二十年ほど前でしょう」

「十五年ほど前だと思います」

「彼女の兄のピエールを、私はよく知っていました。彼はラフェリエール通りに住んでいたのです。近くのガレージを管理していました……しかし、もう永い間、音信不通です」

「彼女のことは、覚えていますか？」

「少しだけ……彼女はとても若い時にこの界隈からいなくなりました。ピエールから聞いた話では、ポンティウー通りでナイトクラブを経営しているある婦人から目をかけてもらっていたとか……」

男はアニーを別の女性と混同しているのではないか、とダラガヌは思った。しかし、彼女の友達のひとり、コレットがしばしばサン・ルー・ラ・フォレを訪れていた、ある日、彼も一緒に、車でパリのシャンゼリゼ庭園沿いの古切手市が開かれている通りまで来たことがあった。それがポンティウー通りだったのだろうか？　彼女たちふたりは、ある建物に入った。そして彼は車の後部座席でアニーを待ったものだ。

「彼女が今どうしているか、ご存知ないですか？」

男はいくらか、警戒の色を浮かべて彼を見た。

「いいえ、どうして？　彼女は本当にあなたの友達だったのですか？」

「子供のころに彼女を知っていました」

「それなら話は別です……時効ですから……」

男は微笑を取り戻し、ダラガヌのほうに身を傾けた。

「いつか、ピエールが私に説明してくれました。彼女に面倒なことが起きて、刑務所で服役していたと」

★

男はペラン・ド・ララと同じ言葉を発した。先月の夜、ひとりでテラスに座っていた彼から聞いたのと同じ言葉である。「彼女は服役していた」と。しかし、ふたりの男の声の調子は異なっていた。ペラン・ド・ララのほうには、どことなくよそよそしさがあった。あたかも自分と無関係の人間の噂を、ダラガヌから尋ねられたかのような。一方、この男のほうには、一種のなれなれしさが感じられた。《兄のピエール》を知っていたからであり、また、《服役》が彼にとってはありふれたことに思えたからであろう。店に来る怪しげな常連を念頭において、男は、ここは《夜の十一時以降にならないと》客が集まらないバーなのです、とでもダラガヌに説明したのだろうか？

アニーがもしもまだ生きていれば、自分に説明しただろうか、と彼は思った。しかし後に彼の本が出版され、彼女に再会できたときには、そのことについて何も尋ねなかった。もっとも、彼女は答えなかっただろう。ラフェリエール通りの部屋のことも、彼女がふたりの住所を書いた四つ折の紙片のことも、彼は口に出さなかった。その紙片を彼は無くしてしまった。しかし、たとえ手元にそれを十五年間持ち続け、彼女にそれを見せたとしても、相手は次のように言っただろう。

「あら、ジャンくん、それは私が書いたものではないわ」と。

アエロの男は、彼女が服役した理由を知らなかっただろう。その点について、《兄のピエール》は男に詳細を全く伝えなかった。しかしダラガヌは、自分たちがサン・ルー・ラ・フォレを発つ前夜、彼女がいらだっていたのを覚えている。四時半に小学校の校門まで迎えに来ることさえ、彼女は忘れていた。そのため、彼はひとりで家に帰ったのだ。ひとりで帰ることは、彼にとって別に不安ではなかった。それはたやすいことで、通りに沿ってまっすぐに歩けばいいだけのことだった。アニーは応接間で電話をしていた。彼女は彼に手で「お帰り」の合図をし、そのまま電話で話し続けた。夕方、彼女の部屋に招じられると、彼女は鞄に洋服を詰め込んでいた。自分だけが家に残されるのではないか、と彼は心配になった。しかし、ふたりで明日パリに行くのよ、と彼女は言った。

その夜、アニーの部屋から誰かの話し声が聞えた。ロジェ・ヴァンサンの声だと分かった。少し経ってから、アメリカ車のエンジン音が遠ざかり、消えていった。彼が気をつけていたのは、彼女の車のエンジン音だった。やがて彼は眠りに落ちた。

★

アエロで自分の本の二ページを書き終え、店を出た夕暮れ時――古いホテルでの工事は、夕方六時ごろに中断した――、彼は思った。十五年前、アニーがいないときにひとりで散歩をして、たどり着いた場所はここではなかったか、と。そのころ彼はそう頻繁に散歩をしたわけではなく、歩いたとしても、今思うほど長時間ではなかったはずだ。アニーは本当に、子供ひとりをこの辺りで気ままに歩かせていたのだろうか？　四つ折の紙片に彼女自身の手で書かれた住所――彼が作り上げたものではありえない過去の手がかり――が、まさにそれを証明していた。

かつて彼が歩いていたのは広い通りで、ムーラン・ルージュがその先に見えていたことを思い出した。道に迷ってはいけないと思い、その大通りの遊歩地帯より遠くへ行くことはしなかった。要するに、自分が今いる場所に戻るには、わずかな距離を歩くだけで十分だったのだ。そしてこの考えは彼に、あたかも時間の感覚が消え去ったかのような奇妙な感覚を呼び起こした。あれから十五年が経っていた。当時の彼は七月の日差しのなか、このすぐ近くをひとりで散策したのだ。今は十二月である。アエロから外に出るころにはいつも夜になっていた。しかし彼のなかで、いきなり季節も年月も混ざり合ってひとつになった。彼はラフェリエール通りまで歩こうと決めた――あのころと同じ道順で――、まっすぐに、ひたすらまっすぐに。いくつかの通りは傾斜していた、そして通りを下っていくにしたがって、彼は時間をあべこべにたどっているのだと確信した。フォンテーヌ通りを通るうちに、夜の景色が明るくなってきた。日が昇り、そこには七月の日差しが再び広がった。アニーは四つ折の紙片に住所を書いただけではなく、次の言葉も添えていた。《あなたがこの辺りで迷わないように》。彼女の大きな筆跡、もうサン・ルー・ラ・フォレの小学校では教えなくなった古い書体で。

ノートル・ダム・ド・ロレット通りの傾斜も、そこまでの通りと同様に急だった。歩こうとしなくても、体が前に進んだ。少しその先、下ったところ。左へ。ただ一度だけ、ふたり一緒に、夜が更けてから自分たちの部屋に戻ったことがあった。ふたりが列車で出発する前夜のことだった。彼女は彼の頭の上や襟首に手を置き、連れがそばを離れずに歩いているのを確かめた。墓地の上にかかる橋の先の、テラス・ホテルに戻ってきた。ふたりでこのホテルに入った、広間の奥の肘掛け椅子にロジェ・ヴァンサンがいるのを彼は目にした。ふたりはそばに座った。アニーとロジェ・ヴァンサンは話し合っていた。彼らはダラガヌの存在を忘れていた。何を話しているのか分からないまま、彼はそれを聞き流していた。ふたりはごく低い声で話した。そのうち、ロジェ・ヴァンサンはアニーに、「その列車に乗らなければならない」とか、「車はガレージに入れたままにしておいてくれ」と繰り返した。彼女は最初のうちは同意しなかったが、やがてこう言った。「ええ、あなたの言う通りね、そのほうがいいわ」。ロジェ・ヴァンサンは彼を向いて微笑んだ。「ほら、これはきみのだ」。そう言って、ネイビーブルーの厚紙のようなものを取り出し、開いてごらん、と促した。「きみの旅券だ」。以前、スピード証明写真のボックスで撮ってもらった写真の一枚が、そこに貼られていた。あの時はそこで、毎回フラッシュの光がまぶし過ぎて、まばたきをしたのだった。最初のページに自分のファーストネームと生年月日があるのが分かった。しかし、姓は自分のものではなかった。アニーの姓、アストランになっていた。ロジェ・ヴァンサンは低い声で、《付き添いの人》と同じ名前にしなければならなかったのだ、と言った。彼にはその説明で充分であった。

帰路、アニーと彼は大通りの遊歩地帯を歩いた。ムーラン・ルージュを過ぎ、左手の、奥がガレージの正面になっている小路をたどった。さらにガソリンの匂いのこもった大倉庫を突き抜けた。突き当たりはガラス張りの部屋だった。若い男がひとり、机に向かっていた。時折サン・ルー・ラ・フォレに来て、ある日の午後、彼をメドラノ・サーカスに連れて行ってくれた若い男だった。先ほど目にした、壁沿いに駐車されていたアニーの車についてふたりは相談していた。

彼女とともに彼はガレージを出た。夜になっていて、ネオンサインの《ブランシュ広場の大ガレージ》という文字を読みたいと彼は思った。十五年後に、クストゥー通り一一番地の自分の部屋の窓から身を乗り出して、再びこの文字を読んだのである。明かりを消して眠りにつこうとすると、それらの文字は彼のベッドの真向かいの壁に、格子状の光となって映った。朝の七時から改修工事が再開されるため、彼は早く床についた。寝付かれなかった夜の翌日は、執筆がはかどらない。夢うつつの状態で、少しずつ遠ざかっていくアニーの声が聞えた。そのなかで理解できたのは、次のような言葉の断片だけだった。《……あなたがこの辺りで迷わないように……》。その部屋で目覚めた時、彼は気づいた。この通りを渡り切るのに十五年かかったのだということに。

★

昨年、二〇一二年の十二月四日——彼は手帳にその日付を記していた——の午後、交通渋滞がかなりの距離に及んでいたので、彼はタクシーの運転手にクストゥー通りを右折するように頼んだ。遠くにガレージの看板が見えたような気がしたが、思い違いだった。ガレージはなくなっていたからだ。そして、同じ歩道に、《ネアン》の黒っぽい木造の店先が接していた。その両隣の建物の外壁は、塗料を塗り直されたり、過去のひびや汚れが白くコーティングされたりして新しく見えた。むろん、建物の内部もすっかり変わっているだろう。ピュジェ通りでは、アエロの店の板張りや彩色ガラスはなくなり、白い壁で覆われていた。過去を消してしまう白い色だ。彼も四十年以上、頭は空白のままだった。最初の本を書いた時にも、《あなたがこの辺りで迷わないように》と書かれた四つ折の紙片をポケットに入れ、ひとり歩きしていた夏にも。

★

その夜、ガレージを出たアニーと彼は、別の歩道は歩かなかったはずだ。ふたりで《ネアン》の前を通ったはずである。

十五年経っても、《ネアン》はまだあった。彼は一度もそこに入りたいと思ったことはない。ブラックホールに落ちてしまうような感覚を、彼はあまりにも恐れた。のみならず、だれひとり、その敷居をまたごうとはしないように思えた。彼はアエロの店主に、どのような演目をそこでやっていたのかと尋ねた——「ピエールの妹が十六歳でデビューしたのが、そこだったと思います。

客たちはすべて暗闇のなかで、軽業師たち、乗馬の名手たち、髑髏《どくろ》顔のストリッパーたちの舞台を楽しんでいたようです」。その夜、アニーはかつて自分が《デビュー》した建物の入口をちらりと見たのではないだろうか？

大通りを横切る時、彼女は彼の手をにぎった。彼にとって、夜のパリを見るのは初めてだった。ふたりはフォンテーヌ通りには入らなかった、そこは昼間、彼がひとりで散歩をする時によく通った道だった。彼女は遊歩地帯に入って彼の先を歩いた。十五年後の冬、クリスマス用品をそろえた露天商の屋台のならぶ、同じ遊歩地帯を彼は歩いた。そして自分に何かを訴えかけながら、徐々に弱まるモールス信号のような白いネオンサインから目を離すことができなかった。それらは、これが見納めとばかりに強い光を放っているようでもあり、アニーとともにその界隈で過ごした夏といまだにつながっているようでもあった。どれくらいの期間、彼らはそこにとどまったのだろう？　数カ月、あるいは数年、それとも、たとえ長く感じられたとしても、ふと夢から覚めたきみが、わずか数秒だったと気づくような時間だったのだろうか？

ラフェリエール通りまで、彼は彼女に襟首をつかまれて歩いた。彼女にとっての彼は、いまだにその場から逃げ出し、跳ね回ってしまいそうな子供なのだった。階段の下にくると、彼女は唇に人差し指を当て、静かにのぼるように合図した。

★

彼はその夜、何度も目が覚めた。アニーの部屋で彼は長いすに横たわり、彼女は大きなベッドで眠った。彼らのふたつの鞄はベッドの足元に置かれていた。アニーのものは革製、彼のものは小さなブリキ製だった。彼女は真夜中に起きだし、部屋を出た。男と話す彼女の声が隣の部屋から聞えた。男はガレージを管理している彼女の兄らしかった。彼はそれきり、眠りについた。翌朝かなり早く、彼女にひたいをさすられて目を覚まし、彼女の兄とともに朝食を取った。三人でテーブルを囲んだとき、彼女は自分のハンドバッグのなかをくまなく探した。ロジェ・ヴァンサンが前日、ホテルのロビーに持参した《ジャン・アストラン》名義の青い厚紙の《旅券》を無くしていないか、と確かめたのである。いや、大丈夫。それは確かに、ハンドバッグのなかにあった。後年、クストゥー通りの部屋に住んだ時期、彼はその偽造旅券をいつの間に無くしたのだろうと思ったものだ。おそらく十代の半ば、最初の寄宿学校から転校させられた時期であろう。

アニーの兄は、車で彼らをパリ・リヨン駅まで送った。駅前の歩道や、駅のドームのなかは混雑していて歩くのが大変だった。アニーの兄がふたりの鞄を持った。今日は夏のバカンスの初日よ、とアニーが言っていた。列車の乗車券を買うため、彼女は切符の販売窓口に並んだ。彼はアニーの兄のそばに残った。ふたりの鞄は、その足元に置かれた。そこでは人に突き飛ばされないように、赤帽の手荷物用荷車に足を踏まれないように気をつけなければならなかった。列車の出発時間に遅れそうになった彼らはプラットホームまで走った。群衆にまぎれないように、彼女は彼の手首をしっかりとにぎった。彼女の兄は鞄を下げてふたりを追った。ふたりは一両目の客車に乗った。アニーの兄もふたりのあとから乗った。通路は人であふれていた。彼女の兄は客車の入口付近に鞄をふたつ置き、アニーと別れの抱擁をした。そしてジャンに微笑みかけ、耳元でこうささやいた。「よく覚えておくんだ……きみは今からジャン・アストランという名前だ……アストランだよ」。そして大急ぎでホームに降り立ち、ふたりに手を振った。列車は動き始めた。車室のひとつに空席があった。「そこに座って」とアニーが言った。「私は通路にいるわ」。彼は彼女と離れたくなかったが、肩をつかまれて押し込まれた。彼女が自分を置き去りにするのではないかと心配だったが、彼は車室のドアのそばに立っている彼女から目を離さずにいることができた。彼女はじっと通路に立ち、時折、彼に顔を向けて微笑んだ。彼女は銀のライターで煙草に火をつけ、ひたいを窓ガラスに押しつけた。車窓の風景に感じ入っているようだった。彼は車室のほかの旅客たちと目が合わないように下をむいていた。よくあるように、旅客たちがひとりでいる子供にいろいろ質問してくるのではないかと案じたからだ。彼は立ち上がって、鞄は今も客車の端にあるだろうか、誰かに持ち去られてはいないだろうか、とアニーに尋ねたかった。彼女は車室のドアを開け、彼に身をかがめて低い声で言った。「食堂車に行きましょう。一緒に座れるわ」。車室の旅客たちがふたりを目で追ったように、彼には思えた。それから、フィルムの擦り減った映画のように、いくつかのギクシャクした光景が浮かんでは消えた。ふたりは通路沿いに歩き、彼女は彼の襟首を支えた。車両から次の車両に移る時、激しい縦揺れで連結部の蛇腹にふたりとも落ちはしないかと彼は不安だった。彼がバランスを崩さないように、彼女はその腕をつかんだ。ふたりは食堂車のテーブルに向かい合って座った。折よく、そのテーブルに彼らだけで座ることができた、ほかのテーブルにもほとんど客はいなかった。今しがた人ごみのなかを通ってきた通路、混雑した車室とは、別世界だった。彼女は彼の頬に手をさしのべ、このテーブルにふたりでいられるだけいて、他の客に邪魔されなければ、旅の目的地までここに座っていましょう、と言った。彼にとって心配の種は、もとの車両の端のあの場所に残してきたふたつの鞄だった。こうしているうちに、それらがなくなりはしないか、あるいはすでに誰かに盗られたのではないかと気になった。サン・ルー・ラ・フォレである日、ロジェ・ヴァンサンがくれた《緑の文庫》の一冊で、これに似た物語を彼は読んだはずだ。そしてその物語のせいで、彼はある夢に一生つきまとわれることになるだろう。列車のなかで鞄を紛失する夢、あるいはきみはホームにいるのに、自分の鞄を載せた列車が走り去るという夢である。もし彼が今、過去のすべての夢を思い出したら、失われた鞄は数知れないだろう。

「心配しなくていいわ、ジャンくん」と、アニーは微笑みながら言った。その言葉は彼を安心させた。ふたりは昼食を終えたあとも同じ席に座っていた。食堂車にほかの客はいなくなった。列車はある大きな駅に止まった。もう着いたの、と彼は尋ねた。まだよ、とアニーは応じた。今は夕方の六時のはずで、この街に列車が着くのはいつもこの時間なの、と彼女は説明した。何年かあとに、彼は時折これと同じ列車に乗り、冬の夜闇のなか、着いたその街の名前を知ることになる。リヨンであった。彼女はハンドバッグからトランプを取り出し、占《ペーシェンス》いのやり方を教えようとしたが、彼は全く理解できなかった。

彼はこれほどの長旅をしたことはなかった。誰ひとり、くつろいでいるふたりに割って入るものはなかった。「私たち、忘れられたのかしら」とアニーが言った。忘れられたものといえば、彼のなかに残っていた思い出もすべて、忘却のなかに沈んだ。忘却からまぬかれたのは、映画のフィルムがずれて停止した時にだけスクリーンに残るような、いくつかの鮮明な映像だけであった。アニーは自分のハンドバッグのなかを探し、彼にネイビーブルーの厚紙——彼の旅券——を渡した。自分の新しい名前をよく覚えさせるためである。数日後に、ふたりは《国境》を越えるだろう、異国の《ローマ》という街に行くために。「この名前、ローマをよく覚えておきなさい。はっきり言えるわ。ローマでは、だれも私たちを見つけ出すことはできないの。そこには私の友人たちがいるの」。彼女の言っていることが彼にはよく理解できなかった。しかし、彼女が声を上げて笑ったので、彼もつられて笑い出した。彼女は再びトランプをテーブル上に横に並べ、ペーシェンスをした。列車はもう一度、大きな駅に止まった。もう着いたの、と彼は尋ねた。いいえ、まだ。彼女からトランプを持たされた彼は、それらをマークごとに分類して遊んだ。スペード、ダイヤ、クラブ、ハートというように。彼女は、そろそろ鞄を取りに行かなければ、と言った。ふたりは車両の通路を逆方向に向かった、彼女はときには彼の首筋を、ときには腕を支えた。通路と車室は空っぽだった。旅客たちはみんな先に下車したのよ、と彼女は言った。幽霊列車。ふたりの鞄は、車両の最初の乗り口の同じ場所にあった。夜になっていた、とても小さな駅のひっそりとしたホームに降りた。線路に沿った小道をふたりは歩いた。囲いの壁のなかの、くぼんだ門の前に彼女は立ち、ハンドバッグから鍵を取り出した。ふたりは暗闇のなか、路地を下った。大きな白い家があり、窓には明かりがついていた。明るい光に照らされた、黒と白の床張りの部屋にふたりは入った。しかし、彼の記憶のなかで、この家はサン・ルー・ラ・フォレの家と混同されていた。おそらく、そこでアニーと過ごしたのがわずかな時間だったからだろう。そこで彼が眠った部屋は、サン・ルー・ラ・フォレのそれと同じように思えた。

その二十年後、彼はコート・ダジュールを訪れた。そしてあの小さな駅と、ふたりで通った線路と家々の囲い壁のあいだの小道は、たしかここだったと思った。エーズ・シュル・メールである。海岸でレストランを経営している白髪の男に、彼はいくつか質問をしてみた。「それはエステル岬の、昔のヴィラ・アンビリコにちがいありません……」。念のために、彼はその名前を書きとめた。しかし男は次のように言い添えた。「ヴァンサンとかいう方が、戦時中にその家をお買いになったのです。その後、それは国家に供出されました。今はホテルに改修されています」。彼はどきりとした。いや、彼はその場所へそれを確認に行くつもりはなかった。ただ彼は、それまで長年埋められていた悲しみが、導火線を伝って爆発するように一気にはじけ出るのではないかと、あまりに恐れたのである。

ふたりはそれきり、その海岸には行かなかった。午後、ふたりで海の見える庭園のなかで休んだ。家のガレージのなかに彼女は一台の車を見つけた。サン・ルー・ラ・フォレにあったものよりも大きかった。夕方、彼女は彼をレストランに連れて行った。切り立った崖伝いの道を車は走った。彼女はこう言った。この車でふたりして《国境》を越え、《ローマ》に行くのよ、と。最後の日、彼女は電話をかけるためにたびたび庭園を離れた。その時の彼女は不安にとらわれているようだった。ふたりはベランダで向かい合って座り、ペーシェンスをする彼女を彼は見つめた。彼女は頭を傾けて、額にしわを寄せていた。一枚のカードをほかの数枚の次に並べる前に、彼女はじっくり考えているようだった。その頬にひとすじの涙が伝わるのを彼は見た。ほとんど気づかれないぐらいの、ほんのわずかな涙だった。車のなかで彼女のとなりに座っていた、サン・ルー・ラ・フォレでのあの日のように。その夜、彼女はとなりの部屋で電話をしていた。声が聞こえただけで話の内容は分からなかった。朝、太陽の光が彼の部屋にカーテン越しに差し込み、壁にオレンジ色の斑点を映したころ、彼は目を覚ました。最初のうち、物音はほとんどしなかった。やがて砂利の上でタイヤがきしみ、遠ざかるエンジンの音がした。もう少し時間がかかるだろう、家のなかにはすでに、きみしかいないと気づくまでに。

訳者あとがき

本書は Patrick Modiano: *Pour que tu ne te perdes pas dans le quartier*, Gallimard, Paris, 2014 の翻訳である。

この原書が出版されたころ、モディアノ氏への二〇一四年のノーベル文学賞授与が発表された。――《とらえにくい人間の運命を呼び覚まし、ナチス占領下の日常世界を明らかにした記憶の描写》という授賞理由だった。

モディアノ氏は一九四五年生まれだが、彼の両親はナチス占領下のパリで知り合った。ユダヤ人の父親は、いつ「身元調査」が及ぶかという不安のなかで暮らしたとされる。

半自叙伝的なこの小説は、両親の愛情に恵まれない少年時代、苦悩に満ちた青年時代、過去を追想する作家としての時代が、いくども入れ替りながら展開する。

「あなたが……迷わないように」——。これは主人公が、少年時代に受けたやさしさの記憶の象徴でもあろう。やがて「語り手」は、さまざまな「あいまいさ」や「謎」を読み手にゆだねたまま、物語を終えるのである。

二〇一五年二月末、水声社から本書の刊行が決まったとの連絡を受け、訳者は翻訳上の疑問点を作者側に確認する手紙を送った。ほどなくガリマール社の編集部と、モディアノ氏本人からいただいた回答は、訳文の正確さを期す上での大きな支えとなった。

これらの方々をはじめ、水声社の鈴木宏氏のほか、本書の刊行にご尽力下さった方々に厚くお礼を申しあげます。

二〇一五年四月

余田安広

著者／訳者について――

パトリック・モディアノ（Patrick Modiano）　一九四五年、パリ近郊ブーローニュ＝ビヤンクールに生まれる。小説家。二〇一四年、ノーベル文学賞を受賞。主な作品には、『暗いブティック通り』（平岡篤頼訳、白水社、二〇〇五年）、『八月の日曜日』（堀江敏幸訳、二〇〇三年）、『家族手帳』（安永愛訳、二〇一三年）、『地平線』（小谷奈津子訳、二〇一五年、いずれも水声社）などがある。

＊

余田安広（よでんやすひろ）　一九五〇年、京都府福知山市に生まれる。京都市立芸術大学、パリ国立高等音楽院、エコール・ノルマル音楽院を卒業。現在、北海道教育大学非常勤講師、ミュージック・ライター。主な訳書に、M・ビッチ／J・ボンフィス『フーガ』（白水社、一九八六年）、M・モラール『ライプツィヒへの旅』（春秋社、二〇一三年）などがある。

装幀――宗利淳一

あなたがこの辺りで迷わないように

二〇一五年五月二〇日第一版第一刷印刷　二〇一五年五月二五日第一版第一刷発行

著者――パトリック・モディアノ

訳者――余田安広

発行者――鈴木宏

発行所――株式会社水声社
東京都文京区小石川二―一〇―一
郵便番号一一二―〇〇〇二
郵便振替〇〇一八〇―四―六五四一〇〇
電話〇三―三八一八―六〇四〇
FAX〇三―三八一八―二四三七
URL : http://www.suiseisha.net

印刷・製本――モリモト印刷

ISBN978-4-8010-0099-5

乱丁・落丁本はお取り替えいたします。

Patrick MODIANO : "Pour que tu ne te perdes pas dans le quartier" © Éditions Gallimard, Paris, 2014.
This book is published in Japan by arrangement with Éditions Gallimard through le Bureau des Copyrights Français, Tokyo.
© Éditions de la rose des vents – Suiseisha à Tokyo, 2015, pour la traduction japonaise.

フィクションの楽しみ

ステュディオ　フィリップ・ソレルス　二五〇〇円
煙滅　ジョルジュ・ペレック　三二〇〇円
美術愛好家の陳列室　ジョルジュ・ペレック
一五〇〇円
人生 使用法　ジョルジュ・ペレック　五〇〇〇円
家出の道筋　ジョルジュ・ペレック　二五〇〇円
Wあるいは子供の頃の思い出　ジョルジュ・ペレック
二八〇〇円
骨の山　アントワーヌ・ヴォロディーヌ　二二〇〇円
秘められた生　パスカル・キニャール　四八〇〇円
長崎　エリック・ファーユ　一八〇〇円
わたしは灯台守　エリック・ファーユ　二五〇〇円
家族手帳　パトリック・モディアノ　二五〇〇円
地平線　パトリック・モディアノ　二〇〇〇円
赤外線　ナンシー・ヒューストン　二八〇〇円
草原讃歌　ナンシー・ヒューストン　二八〇〇円
モンテスキューの孤独　シャードルト・ジャヴァン
二八〇〇円
バルバラ　アブドゥラマン・アリ・ワベリ　二〇〇〇円
モレルの発明　アドルフォ・ビオイ＝カサーレス
一五〇〇円
連邦区マドリード　J・J・アルマス・マルセロ
三五〇〇円
古書収集家　グスタボ・ファベロン＝パトリアウ
二八〇〇円
これは小説ではない　デイヴィッド・マークソン
二八〇〇円
ライオンの皮をまとって　マイケル・オンダーチェ
二八〇〇円
神の息に吹かれる羽根　シークリット・ヌーネス
二二〇〇円
ミッツ　シークリット・ヌーネス　一八〇〇円
メルラーナ街の混沌たる殺人事件　カルロ・エミー
リオ・ガッダ　三五〇〇円
暮れなずむ女　ドリス・レッシング　二五〇〇円
生存者の回想　ドリス・レッシング　二二〇〇円
シカスタ　ドリス・レッシング　三八〇〇円

［価格税別］